U067006?

青少年财智故事汇
CAIZHI GUSHIHUI

韩祥平 编著

陶冶 青少年
情操的美德故事

北京出版集团
北京出版社

图书在版编目（CIP）数据

陶冶青少年情操的美德故事／韩祥平编著． — 北京：
：北京出版社，2014.1
（青少年财智故事汇）
ISBN 978 – 7 – 200 – 10306 – 9

Ⅰ．①陶… Ⅱ．①韩… Ⅲ．①故事—作品集—世界
Ⅳ．①I14

中国版本图书馆 CIP 数据核字（2013）第 282802 号

青少年财智故事汇
陶冶青少年情操的美德故事
TAOYE QING-SHAONIAN QINGCAO DE MEIDE GUSHI
韩祥平　编著
＊
北 京 出 版 集 团
北 京 出 版 社　出版
（北京北三环中路6号）
邮政编码：100120
网　　址：www．bph．com．cn
北 京 出 版 集 团 总 发 行
新 华 书 店 经 销
三河市同力彩印有限公司印刷
＊
787 毫米×1092 毫米　16 开本　12 印张　170 千字
2014 年 1 月第 1 版　2023 年 2 月第 4 次印刷
ISBN 978 – 7 – 200 – 10306 – 9
定价：32.00 元
如有印装质量问题，由本社负责调换
质量监督电话：010 – 58572393
责任编辑电话：010 – 58572775

前言：德不孤，必有邻

诗人屈原在幼年时期就有悲天悯人的情怀。当时正逢连年饥荒，屈原家乡的百姓们吃不饱、穿不暖，时有沿街乞讨、啃树皮、食埃土者，幼小的屈原见之不禁伤心落泪。

一天，屈原家门前的大石头缝里突然流出了雪白的大米，百姓们见状，纷纷拿来碗瓢、布袋接米，将米背回了家。

不久，屈原的父亲便发现家中粮仓的大米越来越少，他很是奇怪。

有一天夜里，他发现屈原正从粮仓里往外背米，便将屈原叫住，一问才知道原来是屈原把家里的米灌进了石缝里。

父亲没有责备屈原，只是对他说："咱家的米救不了多少穷人，如果你长大后做官，把楚国管理好，天下的穷人不就有饭吃了吗？"

自此屈原勤奋治学，长大后楚王得知他很有才能，便召他为官，管理国家大事。他为国、为民尽心尽力，被后世之人称颂，真正做到了由小善转为大善。

屈原的悲天悯人情怀早已流传千古。他自幼怜悯他人，此乃小爱，乃人之常情的爱；而他后来的爱国情怀，乃大爱、大德。

子曰：德不孤，必有邻。

德，代表的是君子应该有的美好品德。上下五千年，华夏古国，是礼仪之邦，更是美德之国。不论是对伯夷叔齐采薇的歌颂，还是对尧舜禅让的赞叹，都体现了我们民族对美德的珍视和追寻。

美德说来很奇怪，当你渴望得到它的时候，它会离你很远；当你忘记它的时候，它又离你很近。正如西方谚语所说的那样：渴求荣誉的人，必定会被荣誉羞辱。美德是一种天然的品质，不是通过伪装和巧言令色可以获得的。

人的高尚品德，属于人的思想修养，这种思想修养最后演变成实际行动，古今中外，但凡品德高尚的人都受到人们的爱戴与推崇，因为他们都有美德应该有的素质，并发扬光大。

在中华民族的几千年历史长河中，涌现出无数德行照亮千古的人物：

仁，以天下为己任，爱人宽人，如视百姓如天的刘备。

忍辱能使我们勇敢地面对困难，从而造就辉煌，如忍辱负重的司马迁。

孝是为人之根本，立世之基石，如卧冰求鲤的王祥。

正直即坚持道德的基本原则，忠于自己的良知，如清官海瑞。

忠是人格魅力的升华，如精忠报国的岳飞。

美德不仅是人们行为的道德规范，更是做人的基本条件。一个道德完善的人，总是能够以谨慎、正义和仁慈去规范自己的行为，因为这是生命本身对他的要求，也是他在道德规范面前必需的选择。

古时候，一个考取功名的读书人走到了一个荒僻的村落中。到了晚上，漆黑街道上，络绎的村民们在默默地你来我往。读书人转过一条巷道，他看见有一团晕黄的灯光正从巷道的深处静静地亮过来。身旁的一位村民说："瞎子过来了。"

读书人百思不得其解。一个双目失明的盲人，他没有白天和黑夜的一丝概念，他看不到鸟语花香；看不到高山流水；也看不到柳绿桃红的世界万物；他甚至不知道灯光是什么样子的，他挑一盏灯笼岂不令人迷惘和可笑？他这样做对于自己来说是一点意义都没有的，为什么还要去做呢？

那灯笼渐渐近了，晕黄的灯光从深巷移游到了僧人的芒鞋上。百思不得其解的读书人问："敢问师父真的是一位盲人吗？"那挑灯的盲人告诉他："是的，从踏进这个世界，我就一直双眼混沌，看不到任何东西。"

读书人问："既然你什么都看不见，那你为何挑一盏灯笼呢？这样做是没有意义的啊！"

盲人说："现在是黑夜吧？我听说在黑夜里没有灯光的映照，那么满世界的人都和我一样是盲人，看不清世界是黑是白，所以我就点燃了一盏灯笼。"

读书人若有所悟说："你真是伟大，原来你是为别人照亮，你这样的行为真是令人敬佩啊！"

那盲人却说："不，我不仅为了别人，也是为了我自己！"

"为你自己？为什么呢？这跟你有什么关系呢？"读书人又愣了，不解地挠着头。

盲人缓缓问读书人说："你是否因为夜色漆黑而被其他行人碰撞过而使自己受伤呢？"

读书人说："是的，就在刚才，还被两个人不留神碰撞过，还踩到我的脚，现在还痛呢！"

盲人听了笑着说："你发生的那种状况我没有。虽说我是盲人，我什么也看不见，但我挑了这盏灯笼，既为别人照了亮，也更让别人看到了我自己，这样，他们就不会因为看不见而碰撞到我了。"

读书人听了，顿有所悟。于是读书人仰天长叹说，我苦读诗书，天涯海角奔波为的是能考取功名，做官造福百姓，一直以为是为了天下苍生，原来更是为了我自己啊！

每个人都有一盏心灯，点亮属于自己的那一盏灯，既照亮了别人，更照亮了自己。这位盲人的可贵之处，不仅在于他照亮了自己，更在于他照亮了别人。

鉴于此，本书精心挑选了近百个传统美德故事，配以智慧解读，旨在打造一本适合青少年阅读的优秀的美德枕边书。相信它不仅仅是一本让人自我修炼的书籍，更是一本能够带来美德之风的心灵宝典。在静静的夜里，缓缓展卷，慢慢发现这本美德书的内涵与魅力。读本书就如一次心灵的洗礼，让读者在传统的经典故事中寻找到真正的美德。

目 录

第一章 永远不要放弃做人的风骨 / 1

文天祥的骨气 / 2

苏武牧羊 / 3

不食嗟来之食 / 4

力士脱靴 / 5

不为五斗米折腰 / 7

儿皇帝石敬瑭 / 8

戴胄秉公处理 / 9

第二章 胸中有了大目标，泰山压顶不弯腰 / 11

李斯观鼠立大志 / 12

鸿鹄之志 / 13

三过家门而不入 / 14

班超投笔从戎 / 15

陈子昂改过自新 / 16

老骥伏枥 / 17

中流击楫 / 18

徐霞客闯天下 / 20

齐姜逼夫立志 / 21

第三章 超越挫折，自强不息 / 23

卧薪尝胆 / 24

胯下之辱 / 25

赵匡胤偷瓜受教 / 26

孙膑膑膝 / 27

司马迁受辱写《史记》/ 28

马融忍辱 / 29

东山再起 / 31

第四章　孝亲不能等 / 33

汉文帝亲尝汤药 / 34

随鹿得参 / 35

卧冰求鲤 / 36

子路背米 / 37

杀鸡奉母 / 38

缇萦救父 / 39

黄香扇枕温席 / 40

伯俞泣杖 / 42

第五章　自律塑造高贵人格 / 43

两袖清风 / 44

木人石心 / 45

强项令董宣 / 46

不卑不亢的李垂 / 48

刘仁瞻为国尽忠 / 49

公仪休洁身自好 / 50

杨震"四知" / 52

曳尾涂中 / 53

第六章　廉洁是一种信仰 / 55

一生清廉的海瑞 / 56

羊续悬鱼 / 57

彭泽居官清正 / 58

钟离意辞珠不受 / 60

不受一文之污的张伯行 / 61

一钱太守刘宠 / 62

清廉的胡质、胡威父子 / 64

子文逃富 / 65

吴隐之酌贪泉而觉爽 / 67

第七章　俭以养德，是成功者的信条 / 69

唐太宗发扬节俭之风 / 70

苏东坡"俭诚" / 71

勤俭明志的范仲淹 / 72

石崇奢华惹来杀身之祸 / 73

节俭为国的季文子 / 75

周景王铸钟 / 76

晏子的风范 / 77

勤俭的内阁首辅张居正 / 78

宋太祖教女儿勤俭 / 79

入地的"司马" / 81

荀息劝晋灵公 / 82

烧饼尚书刘晏 / 83

第八章　勿以善小而不为 / 85

刘秀征服人心 / 86

宋太宗雪中送炭 / 87

子产放生 / 88

刘备誓死不离荆州百姓 / 90

网开一面 / 91

孙叔敖斩杀两头蛇 / 92

屈原发米 / 93

第九章　感恩让生命福杯满溢 / 95

尉迟恭知恩图报 / 96

一饭千金 / 97

伍子胥报恩 / 98

恩若救急，一芥千金 / 99

鞠躬尽瘁 / 100

豫让报知遇之恩 / 101

灵辄报恩 / 103

结草报德 / 104

岳飞守墓 / 105

狡兔三窟 / 106

窃符报恩 / 107

第十章　诚信是为人处世的根本 / 111

蔺相如完璧归赵 / 112

唐太宗与囚徒的约定 / 113

曹操割发代首 / 114

商鞅立木为信 / 115

烽火戏诸侯 / 117

孙武练兵 / 118

宋濂还书 / 119

齐襄公失信 / 120

季札挂剑 / 121

第十一章　海纳百川，有容乃大 / 123

宰相肚里能撑船 / 124

王旦德量恢弘 / 125

齐桓公不计前嫌 / 126

曹操宽容得人才 / 127

武则天不惩罚骆宾王 / 128

张宗全"认错" / 129

苏轼宽容书生 / 130

六尺巷 / 131

吕蒙正不记人过 / 133

第十二章　朋友在精不在多 / 135

管鲍之交 / 136

义气墩的传说 / 137

高山流水 / 138

负荆请罪 / 140

门可罗雀 / 141

物以类聚 / 142

指困相赠 / 143

从棋品看人品 / 144

胶漆相投 / 145

白头如新 / 146

管宁割席 / 147

第十三章　君子当以谦逊为本 / 149

刘邦谦受益 / 150

屈瑕之死 / 151

夜郎自大 / 152

卫青虚己待人 / 153

文王渭水屈身访贤 / 154

信陵君礼贤下士 / 155

子房取履 / 157

恃才傲物的杨修 / 158

从善如流的栾书 / 159

第十四章　宝剑锋从磨砺出，梅花香自苦寒来 / 161

囊萤映雪 / 162

闻鸡起舞 / 163

牛角挂书 / 164

韦编三绝 / 165

划粥割斋／166

悬梁刺股／167

编蒲抄书／168

凿壁偷光／169

第十五章　三人行，必有我师／171

孔子拜师／172

程门立雪，尊师求学／173

不忘师恩／174

柳公权练字／175

钟隐学画／176

纪昌学射／178

二徒学棋／179

第一章

永远不要放弃做人的风骨

风骨是一个人的"脊梁"。越是面对沉重的苦难，越是要挺起我们的脊梁。我们之所以崇拜那些流传千古的英雄，是因为他们都有不屈的脊梁。

文天祥的骨气

中国历史上有骨气的英雄有很多，文天祥就是其中一个。

文天祥本来是个文人，可为了反抗蒙古人的入侵，保家卫国，他勇敢地走上了战场。那时蒙古派出大军，要消灭南宋，文天祥听到消息，拿出自己的家产，招募了3万壮士，组成义军，抗元救国。有人说："蒙古大军人那么多，你只有这些人，不是虎羊相拼吗？"文天祥则说："国家有难而无人解救，是令我心痛的事。我的力量虽然单薄，但要为国尽力！"

腐败无能的南宋王朝终究没能抵挡住蒙古人的铁骑，后来，南宋的统治者投降了蒙古军，但文天祥仍然坚持抗战。他对大家说："救国如救父母。父母有病，即使难以医治，儿子也要全力抢救啊！"势单力薄的文天祥终未能力挽狂澜，不久，文天祥兵败被俘。

文天祥被俘后，元朝统治者对文天祥是"既壮其节，又惜其才"，希望能够利用文天祥的声望收复民心，稳定天下。因此，在文天祥被俘后的整整3年里，元朝君臣用尽一切办法对文天祥进行劝降，只是文天祥"如虎兕在柙，百计驯之，终不可得"。

文天祥被俘期间，劝降之人纷至沓来，他们或是文天祥旧日同僚，或是他的亲人子女，或是新朝贵人，甚至宋恭帝也被元世祖派来劝降。无论来人如何口若悬河，说得天花乱坠，许以何等富贵；动之何样情怀，文天祥从不假以颜色，决心终生不作贰臣。

在狱中，他写下了有名的诗句："人生自古谁无死，留取丹心照汗青。"后来，元世祖亲自劝降，但文天祥仍不为所动，只求一死。元世祖十分气恼，于是下令处死文天祥。

先生点评

文天祥以身殉国，表现了"富贵不能淫，贫贱不能移，威武不能屈"的傲然品格，正如其诗中所说，"一片丹心照汗青"，他用自己的生命践行了自己的承诺。

苏武牧羊

汉武帝天汉元年（公元前 100 年），匈奴向汉朝求和，于是，汉武帝就派中郎将苏武出使匈奴。苏武接受任务以后，带着使团及丰厚的礼物出发到匈奴。不料，反复无常的匈奴单于不但不感谢，反而受坏人挑唆，把苏武等人扣押起来，要苏武投降。金钱、高官厚禄、冻饿折磨，这些都没能使苏武屈服，他坚决不投降。没办法，单于只好下令将苏武送到北海边上（现在的西伯利亚贝加尔湖一带）去牧羊。并且对苏武说："等公羊何时生了小羊，就送你回汉朝去!"公羊怎么能生小羊呢？用意十分明白，单于是坚决不放苏武回汉朝了。

北海一带，荒无人烟，终年白雪覆盖。苏武只能以野鼠洞里的草籽充饥。每天，苏武一边牧羊，一边抚弄着出使时汉武帝亲手交给他的使节，心中深深地怀念着自己的祖国。夜晚睡觉时，他将使节紧紧抱在胸前。就这样，日复一日，艰苦地度过了漫长的岁月。

后来，汉武帝死后，汉昭帝即位，匈奴又与汉朝议和，但单于仍不让苏武回汉朝，还谎称苏武已经死了。与苏武一起出使匈奴的常惠，千方百计把苏武的情况告诉了汉朝使者，还为使者想出了一个要回苏武的妙计。

第二天，汉朝使者去见单于，按照常惠的计策对单于说："你们匈奴既然要诚心跟汉朝结好，就不该再欺骗我们。苏武明明没有死。有一天，我们皇上在上林苑里射猎，射下一只大雁，大雁的脚上系着一条绸子，那是苏武写给皇上的一封信。信里说他在寒冷的北海地方牧羊，你们怎么说他死了呢？大雁能带信，这是天意，你们怎么可以欺骗天呢？"单于听了，不觉大吃一惊，只好承认自己说了谎话，而后又说："苏武的忠心都感动了飞鸟，难道我们还不如大雁吗？"说完，他立即向汉朝使者道歉，并答应赶快派人把苏武从北海地方找回来。

苏武出使匈奴的时候，才40岁。在匈奴经受了19年的非人折磨后，头发、胡须都白了。苏武回到长安的那天，长安的人民都出来迎接他。他们瞧见白胡须、白头发的苏武手里拿着光秃秃的使节，没有一个不受感动的。

苏武回到长安后，汉昭帝接见了他，还叫他到先帝庙里去拜见汉武帝的灵位，苏武将那根光秃秃的使节放在了汉武帝的灵前。

先生点评

做人不可有傲气，但不可无骨气。所谓骨气就是做人要坚持原则，在大是大非的问题上明是非、知荣辱，不拿原则做交易。一边是高官厚禄；一边是赤胆忠心，苏武用不屈的铮铮傲骨作出了最完美的诠释。

不食嗟来之食

战国时期，诸侯征战不断，百姓本就处于水深火热之中，如果再加上天灾，百姓就没法活了。这一年，齐国大旱，田地干裂，庄稼旱死了，穷人吃完了树叶吃树皮，吃完了草苗吃草根，只得到外面去逃荒要饭。

有个富人名叫黔敖，家里囤积了很多粮食。他看着穷人一个个饿得东倒西歪，始终无动于衷。这时，他的一个家奴向他建议：如果在这个时候施舍给那些饥民们一点吃的，他们必定会感恩戴德，便可以获得一个好名声。于是，黔敖把做好的窝窝头摆在路边，施舍给过往的饥民。每过来一个饥民，黔敖便丢过去一个窝窝头，并且傲慢地叫着："叫花子，给你吃吧！"有时候，过来一群人，黔敖便丢出去好几个窝头，让饥民们互相争抢，黔敖看着他们争抢，十分开心，觉得自己真是大恩大德的活菩萨。

一天，一个瘦骨嶙峋的饥民走了过来。他满头乱蓬蓬的头发，衣衫褴褛，一双破烂不堪的鞋子用草绳绑在脚上，从他摇摇晃晃的步伐便看得出他已经好几天没吃东西了。黔敖看见他，便特意拿了两个窝窝头，还盛了一碗汤，对他大声吆喝道："喂，过来吃吧！"语气中充满了得意。黔敖本以为这个饥民一定会感谢他的好意，谁知，那个饥民像没听见似的，没有理他。黔敖又叫道："嗟，听到没有？给你吃的！"只见那饥民慢慢地走到黔敖的面前，仰起头注视着黔敖说："收起你的东西吧，我宁愿饿死也不愿吃这样的嗟来之食！"说完头也不回地走了。

黔敖万万没料到，饿得这样摇摇晃晃的饥民还保持着自己的人格尊严，顿时满面羞愧，说不出话来。

先生点评

中华民族历来都崇尚有骨气、有志气的人。一句"廉者不受嗟来之食"，曾为多少仁人志士所赏识，也激励了许多人为免受"嗟来之食"而奋发自强，这其中包含了做人的气节和为人的骨气。

力士脱靴

唐玄宗天宝初年（742年），李白因诗写得出色，被著名诗人贺知章推荐给唐玄宗。唐玄宗很快在金銮殿召见了李白。唐玄宗对李白很欣赏，就封他为供奉翰林，要他在宫内写诗作文。过了一段时间，李白既不见皇帝找他商量国家大事，又没有分派给他什么重要公务，却常常让他陪皇帝和贵妃游山玩水，写"宫中行乐词"。这和李白治国安邦的志向相差太远，因此他常常在苦闷中借酒浇愁。

有一天，唐玄宗带着杨贵妃在沉香亭里饮酒赏花。唐玄宗忽然想起了李白，想叫他写几首歌词助兴，就派人把他招来。恰巧李白刚刚喝完酒，东倒西歪地走到大殿上。他眯着眼往四周看了看，看见站在皇帝身边的一个太监正在很不友好地盯着他。这个太监叫高力士，是唐玄宗最宠信的太监，权力很大，皇太子叫他"阿哥"，王公大臣们称他"阿爹"，大臣们的奏折都要经过他的手，文武百官没有一个不巴结他的。李白其实早就看不惯高力士的所作所为了，于是趁着这天的酒性对皇帝说："皇上，我有个小小的请求，不知您准不准？"

唐玄宗便问他有什么事情，李白说："我刚喝了点酒，因此无法像平常那样很恭敬地写文章。请皇上准许我穿戴随便一点，这样我才能把这篇诏书写得符合您的要求。"皇上想了想，摸着胡子说："既然这样，我就准许你随便一点吧。"于是，李白伸了个懒腰说："我穿的鞋太紧了，要换一双松一点的便鞋。"皇帝便立即叫人给他取双便鞋来换。李白趁机向站在一旁的高力士把脚一伸："给我把鞋脱了！"高力士看看伸在他面前的脚，又看看玄宗毫无表示，只好顺从地给李白脱靴子。他抓住靴子使劲向后拉，可是李白暗中使坏，高力士的脸憋得像紫猪肝色一样也拽不下来。这时李白将本来微翘的脚向前一伸，高力士没有防备，仰面朝天摔了一个大跟头，引得唐玄宗和杨贵妃哈哈大笑。

高力士平时作威作福惯了，从来没有受过这样的侮辱，这件事使他很愤怒，于是他就经常在唐玄宗面前说李白的坏话。唐玄宗对李白渐渐冷淡下来。李白在这样的环境里再也待不下去了，只得离开长安，再次到外地游历。

先生点评

"安能摧眉折腰事权贵，使我不得开心颜"的诗句，将李白的一身傲骨展露无遗。孟子曾说："富贵不能淫，贫贱不能移，威武不能屈。"

每个人都应该坚决捍卫自己的尊严，不能为了所谓的荣华富贵而趋炎附势，媚势取宠，牺牲人格和尊严而求取的富贵是永远为人所不齿的。

不为五斗米折腰

陶渊明，又名陶潜，是东晋著名的诗人、辞赋家和散文家。他出生在一个没落的官僚家庭中。他的曾祖父是东晋著名的大将军陶侃，但到他这代，陶家已经败落，生活贫困。尽管如此，从小陶渊明还是受到了良好的家庭教育，他博览群书，养成不爱慕虚荣、不贪富贵的高洁性格。

陶渊明关心百姓疾苦，有着"猛志逸四海，骞翮（hé）思远翥（zhù）"的志向。年轻的时候，陶渊明怀着"大济苍生"的愿望，出任江州祭酒。但是，由于看不惯官场上的那一套尔虞我诈、虚伪的作风，不久就辞职回家了，随后州里又来召他做主簿，他也辞谢了。

义熙元年（405年），陶渊明在朋友的劝说下，出任彭泽县令。到任81天，碰到浔阳郡派遣督邮来检查公务，浔阳郡的督邮刘云，以凶狠贪婪远近闻名，每年两次以巡视为名向辖县索要贿赂，每次都是满载而归，否则就栽赃陷害。县吏说："我们应当穿戴整齐、备好礼品、恭恭敬敬地去迎接督邮。"陶渊明叹道："我岂能为五斗米向乡里小儿折腰。"意思是我怎能为了县令的五斗薪俸，就低声下气去向这些小人贿赂献殷勤。

于是，陶渊明在出任彭泽令80多天后，就离开衙门，收拾行装，返回家乡，从此过起隐居生活。对于官场，他丝毫没有眷恋之心，反而有一种重获自由的怡然自得。他每天饮酒写诗，过着世外桃源一样的清闲生活。

先生点评

名利本为身外物，却让许多人乐此不疲地执着追逐，正所谓"名利本为浮世重，古今能有几人抛"。但是，陶渊明做到了，他用自己的行动告诉我们，名利并非人生全部的追求，我们不应为名利而活，被名利驱使。

儿皇帝石敬瑭

唐明宗在位的时候，他手下有两员大将，一个是他的儿子李从珂；一个是他的女婿、河东节度使石敬瑭。两个人都骁勇善战，但又互不服气。后来李从珂做了后唐皇帝（就是唐末帝），二人的矛盾就更深了。

李从珂派了几万人马攻打石敬瑭所在的晋阳城。石敬瑭抵挡不了，晋阳十分危急。有个谋士给他出个主意，要他向契丹讨救兵。那个谋士帮石敬瑭起草了一封求救信给小他10岁的契丹国主耶律德光，表示愿意拜契丹国主为父亲，并且答应在打退唐军之后，把雁门关以北的燕云十六州（又称幽云十六州，指幽州、云州等十六个州，都在今河北、山西两省北部）土地献给契丹，还承诺每年给契丹布帛30万匹。

耶律德光本来想向南扩张土地，听到石敬瑭提出这样优厚的条件，真是喜出望外，立刻派出5万精锐骑兵去救晋阳，结果大败唐军。

后来，石敬瑭在耶律德光的帮助下，正式做了中原的皇帝，国号叫晋，这就是后晋高祖。

石敬瑭对于契丹百依百顺，非常谨慎，每次书信皆用表，以此表示君臣有别，称太宗为"父皇帝"，自称"臣"，为"儿皇帝"。每当契丹使臣来的时候，石敬瑭都下跪拜受诏敕。除了每年进贡给契丹30万布帛外，每逢吉凶庆吊之事也给契丹送去一些奇珍异玩，以至于每年运送的车队络绎不绝。

靠着契丹的保护，石敬瑭做了 7 年可耻的"儿皇帝"，后来病死了。

先生点评

人活着必须要有骨气，活着就该挺起刚直的脊梁，这是做人的根本。骨气好比空气一般，看不见摸不着。但是你一旦没有了它，你将失去称之为人的资格，你的人格将因为"缺氧"而"死亡"。骨气无价，一个人失掉了骨气，做人的价值和乐趣就无从谈起。

戴胄秉公处理

戴胄是唐初大臣。字玄胤，谥号忠，相州安阳人。隋末入仕，归唐为秦王府曹参军，太宗立擢大理少卿，数犯颜执法，帝益重之，历迁尚书左丞、民部尚书、以检校吏部尚书主选事。他为人正直、公正，是唐太宗的一位良臣。

一次，唐太宗李世民的大舅子、长孙皇后之兄长孙无忌带刀进入皇宫，在宫门口站岗的监门校尉未发现。按照唐律，长孙无忌和监门校尉都违犯了法律，可是，当朝宰相封德说，无忌是一时疏忽，不能算犯法，校尉麻痹大意，应该杀头。

唐太宗居然点头同意这么办，这时，戴胄挺身而出，明确表示：这样量刑不公平。

他说，无忌带刀入宫，校尉没有发现，两方面都是由于一时疏忽，如果量刑，应一视同仁，怎么能重此轻彼呢？戴胄说得理直气壮，有根有据，唐太宗只好答应重新商议。

再次商议时，封德仍是力主原判，戴胄便据理辩驳，寸步不让。指出：无忌和校尉，论其过误，情况相同，而校尉是由无忌带刀入宫的缘故而致罪的，"于法当轻"。现在，轻罪反而重判，重罪反而轻判，"生死顿殊"，很不合理。

戴胄坚决要求据法重新判决。唐太宗觉得戴胄说得有理，终于接受了他的意见，把无忌和校尉都免罪了。

这里的几个人物，长孙无忌是"国舅"，又是有卓著功劳的开国元勋；封德是当朝宰相，大权在握，更有皇帝偏袒；监门校尉则不过是在宫门口站岗放哨的小官；戴胄自己也不过相当于今天的最高法院院长。可是他坚持秉公处理，坚持公平断案，这是很不容易的。然而，唯公平合理，才能得到李世民的首肯。

先生点评

古往今来，有骨气一直是我们倡导的。骨气是一个人做人的根本。无论在什么时候，我们都应当挺起做人的脊梁。你没有了骨气，你就是别人的奴才，你就是一具行尸走肉，那么你活着还有什么意义呢？

第二章

胸中有了大目标，泰山压顶不弯腰

俗话说："石看纹理山看脉，人看志气树看材。"一个人如果没有志气，就不会奋发向上，也成不了一个有成就的人。立志是成功的起点，一个人只有具备明确的目标和远大的理想，才会朝气蓬勃，勇往直前。

李斯观鼠立大志

李斯是楚国上蔡（今河南上蔡）人。他出身于普通的农民之家，不能依靠祖先的福荫，个人前途只能靠自己去拼搏。

李斯年轻时在陈县郡治府门做小吏，管理文书一类的事务。有一天他上厕所，看见一群老鼠在厕所偷吃，一见人就惊慌四散。又有一天，李斯因事到粮仓，见一群硕大的老鼠在粮仓中大摇大摆地吞吃粮食。粮仓平时很少有人来，因此那些老鼠见到人也不害怕。

李斯很感慨：同样是老鼠，厕所中的老鼠吃的是粪便，而且还时时遭到人们的骚扰；而粮仓中的老鼠吃的是美食，却没有人来骚扰。这真是一个在天上，一个在地下！李斯感慨万千："一个人的才能和命运如何，就如同这些老鼠一般，就看他是处在什么样的环境之中罢了。"李斯由此暗暗立下大志要成就一番大事业。

后来，李斯跟随荀子学习了古代三皇五帝治理天下的本领，接着他便到秦国去游说秦王。秦王被他的雄才大略吸引，任用他为客卿。

经过30多年的努力，秦国终于统一了中国，建立了中国历史上第一个封建王朝。秦王嬴政自称为皇帝，号称秦始皇。李斯被任命为丞相，至此，李斯终于实现了自己的志向。

先生点评

俗话说，"胸中有了大目标，泰山压顶不弯腰。"的确，小草只要有根就能长出芽来，人只要志向高远，就能够作出一番事业来。

鸿鹄之志

秦朝末年，统治者昏庸无道，不断搜刮民脂民膏。百姓不仅要缴纳沉重的赋税，还要服繁重的徭役，生活在水深火热之中。当时，有一个人名叫陈胜，字涉。他因为家境贫寒，不得不以替别人耕种为生。他深刻地体会到下层人民的疾苦，也为当时社会上存在的严重贫富差异而愤愤不平，于是，他暗暗地下定决心要改变这种局面。

一天，他和别人一起在地里劳作，中间休息的时候，他们谈起了现在过的苦日子。陈胜因失望而叹息了好长时间以后，对同伴们说："假如以后谁发达了，一定不要忘记曾经一起受苦的人啊！"同伴们都觉得他是异想天开，笑着回答他说："我们都是被人雇来耕地的农民，连自己的土地都没有，哪里谈得上富贵啊？别做白日梦了！"陈胜长长地叹了一口气说："燕子和麻雀又怎么会知道鸿鹄凌空飞翔的远大志向呢！"

秦二世元年（公元前209年）七月，朝廷大举征兵去戍守渔阳（今北京市密云西南），陈胜也在征发之列，并被任命为带队的屯长。他和其他几百名穷苦农民在两名秦吏押送下，日夜兼程赶往渔阳。当行至蕲县大泽乡（今安徽宿州西寺坡乡）时，遇到连天大雨，道路被洪水阻断，无法通行。眼看抵达渔阳的期限将近，大伙急得像热锅上的蚂蚁。因按照秦朝的酷律规定，凡所征戍边兵丁，不按时到达指定地点者，是要一律处斩的。

在生死存亡的危急关头，陈胜跟另外一名屯长吴广经过缜密的计划，杀死了两名秦吏，揭竿而起，发动了中国历史上第一次大规模的农民起义。

先生点评

对于胸怀大志的人，任何的艰辛和失意都只是暂时的，只要他们心中的希望之火不灭，他们就会坚持不懈地奋斗下去，而成功往往也会在不久之后来到。

三过家门而不入

尧在位的时候，黄河流域发生了很大的水灾，庄稼被淹，房子被毁，老百姓只好往高处搬。尧召开部落联盟会议，商量治水的问题。他征求四方部落首领的意见，首领们推举鲧（gǔn）去治水。

鲧花了9年时间治水，仍没有把洪水制伏。因为他只懂得水来土掩，造堤筑坝，结果洪水冲塌了堤坝，水灾反而闹得更凶了。

后来，舜接替尧当了部落联盟首领，亲自到治水的地方去考察。他发现鲧办事不力，就把鲧杀了，又让鲧的儿子禹去治水。

大禹立志一定要制伏洪水。当时禹新婚不久，但为了治水，只能到处奔波。他吸取了父亲的经验教训，采取了疏导的办法，带领百姓开渠排水，疏通江河，兴修水利，灌溉农田。大禹在治水的时候曾立志，不制伏洪水绝不进家门。

传说禹在治水的13年当中，3次经过自己的家门，都没有进去。第一次，妻子生了病，他没有进家看望。第二次，妻子怀孕了，他仍旧没有进家去看望。第三次，他妻子涂山氏生下了儿子启，婴儿正在哇哇地哭，禹在门外经过，听见哭声，还是没有进去探望。

大禹在治水的时候和老百姓一起劳动，戴着箬帽，带头挖土、挑土。经过13年的努力，大禹终于治好了水患，把洪水引到大海里去，地面上又可以供人种庄稼了。

舜年老以后物色部落联盟首领，大禹因为治水有功，被舜选定为自己的继承人。舜死后，大禹继任了部落联盟的首领，在他的治理下，部落和平，九州安定。

先生点评

一个有远大理想、有高尚追求的人，一定有明确的奋斗目标和人生志向，懂得自己活着是为了什么，知道自己怎样做是正确的、有用的。因为有了明确的人生志向，也就产生了前进的动力。他会将自己的志向作为鞭策自己前进的动力，从而感到内心的踏实、生活的充实，不再被许多微小、繁杂的事干扰；也不去奋力追求所谓的荣华富贵，干什么事都显得成竹在胸。

班超投笔从戎

班超，字仲升，是东汉著名的军事家和外交家。班超是著名史学家班彪的幼子，其长兄班固、妹妹班昭也是著名的史学家。

班超为人有大志，不修细节，但内心孝敬恭谨，审察事理。他曾出使西域，为平定西域，促进民族融合，作出了巨大贡献。

班超从小就很用功，对未来也充满了理想。班超在家里十分孝顺父母，经常干一些辛苦的事情，但是他并不以劳动为耻。

后来，他的哥哥班固被征召为校书郎，班超和母亲也跟着班固到了洛阳。由于家中贫寒，班超经常给官府抄书来养家糊口，非常辛苦。

有一天，他正在抄写文件的时候，写着写着，突然觉得很闷，忍不住站起来，丢下笔说："身为大丈夫，虽没有什么突出的计谋才略，总应该学学在国外建功立业的傅介子和张骞，以封侯晋爵，怎么能够老是干这笔墨营生呢？"周围的同事们听了这话都笑他。班超便说："凡夫俗子又怎能理解志士仁人的襟怀呢？"班超于是决定参军报效国家。

后来，他成为一名军官，在对匈奴的战争中，获得了胜利。接着，他建议和西域各国来往，以便共同对付匈奴。朝廷采纳他的建议，派他带着数十人出使西域。在西域的 30 多年中，他靠着智慧和胆量，渡过了各种各样的危机。

班超一生总共到过 50 多个国家，在与这些国家保持和平的同时，也宣扬了汉朝的国威。班超出使西域各国，重新打通了丝绸之路，成为我国历史上继张骞之后，为促进中外经济和文化交流作出了杰出贡献的英雄。

先生点评

即使你现在很平凡，那么也不要为此而沮丧，只要你的心中怀有"鸿鹄之志"，在某一个意想不到的时刻，你也可以成为众人瞩目的焦点。点燃心中的斗志，激发心中的潜能，追求卓越，必能获得成功。

陈子昂改过自新

陈子昂是我国初唐著名诗人。幼年时他随父亲一起来到京城长安，但由于父母平时对他非常娇惯，他长到十几岁时仍然不爱读书，每天只知道跟朋友出城打猎、游玩，要不就是四处找人斗鸡赌钱。

后来，陈子昂长大，这时他的父母才发现宝贝儿子不学无术，一无所长，于是开始为他的前途担忧。父母多次劝他除掉身上的恶习，潜心攻读，可陈子昂早就游荡惯了，哪里听得进去。

有一天，他在游玩途中路过一处书塾，在窗外无意中听到老师说："一个人是否能够享有荣誉或蒙受耻辱，完全取决于他本人的品德。品德好的人，自然会享受荣誉；品德坏的人，也自然会蒙受耻辱。一个人如果放任自流，行为举止傲慢，身上具有邪恶污秽的东西，就无法得到他人的尊敬。要想成为一名君子，就要让自己博学多才，还要经常用学来的道理对照自身进行检点。如果坚持这样做下去，你的学问和知识就会越来越多，行为上也很难有什么过失了。在生活中，我们看到别人能做一番大事业时总是非常羡慕人家，可是你哪里知道，人家之所以能够取得成功，是下了一番苦功夫的！不经过自身的努力就想得到学问，那就如同缘木求鱼一样幼稚可笑。"

这一番话使陈子昂的内心受到很大的触动。他忘记了游玩，马上赶回家，在自己的屋中反思起来，回想自己以前做过的荒唐事，他追悔莫及。从那一天起，陈子昂毅然跟原来那些朋友断绝了来往，把在家中饲养的各种小动物也都放掉了，从此每天书不离手，勤奋刻苦地学习，直至最后成为一名伟大的诗人。

先生点评

俗话说："少壮不努力，老大徒伤悲。"我们应该在年少的时候树立远大的志向，并为之而奋斗，这样，即使到了年老的时候，我们也不会因为年少时的懵懂而后悔莫及。

老骥伏枥

东汉末年，政治动荡，天下大乱，诸侯四起，其中以曹操最有远见，他想统一天下，重新建立安定的社会。

曹操自从"挟天子以令诸侯"、许昌屯田以后，先后消灭了董卓、黄巾军、吕布、袁术、袁绍、刘表等地方势力，基本上统一了北方。

建安五年（200年），曹操在官渡之战中，以少胜多，大败袁绍，从此军威大振，曹操更加雄心勃勃。但是，袁绍的两个儿子投奔了乌桓，企图借助乌桓的力量卷土重来。乌桓的经济、文化较落后，当时尚处于奴隶制时代。但他们趁中原地区经常混战，常常侵袭汉朝的领土，北方人民的生命财产没有保障。曹操决心征讨乌桓。

207 年，即建安十二年，曹操亲自统帅大军北上远征乌桓。当时曹操已年过半百。古人认为，人到 50 岁，就进入衰老阶段。这点曹操心里十分明白，但为了彻底消灭袁氏残余势力，真正统一北方，他人老心不老，仍然驰骋疆场。经过长达几个月的艰苦行军作战，曹操在白狼山一带与乌桓的 20 余万兵马进行了激烈的争战，彻底击败了乌桓，杀死了他们的头领，10 多万人被迫投降。

曹操率领大军凯旋，在返回的路上，曹操带着胜利的喜悦，想着自己已经是 53 岁的人，但历史的重任肩负在身，统一中原的大业尚未完成，他激情澎湃，赋诗一首：

神龟虽寿，犹有竟时。

腾蛇乘雾，终为土灰。

老骥伏枥，志在千里。

烈士暮年，壮心不已。

……

这首诗表现了曹操热爱自然、蔑视天命、老当益壮、志在千里的积极进取精神，抒发了他那变革现实、统一中原的豪情壮志。

先生点评

曹操在他年过半百时，仍然充满雄心壮志，而我们，更应该从小树立伟大的志向。因为只有有志向的人，才会有勇气拼搏，最终走向成功。

中流击楫

祖逖出身于西晋末年的北方大族，后来家道中落，在乱世之中，祖逖带了几百乡亲来到淮河流域。在逃难的过程中，祖逖主动把自己的车马让给老弱有病的人，把自己的粮食、衣服也分给大家，乡亲们都十分敬重他。

不久，逃难的人群来到泗口（今江苏靖江北）。这时，祖逖手下已经聚集了一批壮士，他们都是背井离乡的人。大家眼看着自己的家园被外族侵占，十分愤恨，见祖逖是一个胸怀大志的人，就推选祖逖做了首领，希望祖逖带领他们早日打回家乡去。

当时，司马睿还没有做皇帝，祖逖曾劝说他领兵收复失地，但司马睿并无此意，后来听祖逖说得慷慨激昂，也不好推辞，才勉强答应了祖逖的请求，并派他做豫州（今河南东部和安徽北部）刺史，拨给他1000人吃的粮食和3000匹布，但不给他战衣和兵器，让他自己想办法集结士兵。

祖逖带着随同他一起来的几百乡亲，组成了一支队伍，横渡长江。船到江心的时候，祖逖拿着船桨，在船舷边拍打，向大家发誓说："我祖逖如果不能扫平占领中原的敌人，绝不再过这条大江。"他激昂的声调和豪壮的气概，使随行的壮士个个感动，人人激奋。

到了淮阴，祖逖安排众人一面制造兵器；一面招兵买马，等到聚集了2000多人马后，才向北进发。当时，长江以北的不少豪强地主，趁中原大乱占据堡坞，互相争斗，祖逖说服他们停止内争，随他一起北伐，祖逖的威望越来越高。

祖逖的军队一路上得到人民的支持，迅速收复了许多失地。后来，祖逖收复了黄河以南的全部领土，许多敌军也陆续向祖逖投降。晋元帝即位后，觉得祖逖功劳太大，于是封他为镇西将军以节制其权力。

先生点评

俗话说："石看纹理山看脉，人看志气树看材。"一个人如果没有志气，就不会产生奋发向上的动力，也就成不了一个有成就的人。立志是成功的起点，一个人只有具备明确的目标和远大的理想，才会朝气蓬勃，勇往直前，最终完成自己的理想。

徐霞客闯天下

徐霞客名叫弘祖，从小聪明好学，特别喜欢读历史、地理、游记之类的书籍。他想长大以后一定要对祖国的壮丽山川做一番亲身考察。

19岁那年，徐霞客的父亲去世，那时他本已拟订了离家游历的计划，但他想到母亲年纪大了，家里没人照料，就没敢提这件事。

知儿莫过母，母亲看出了他的心思，就对他说："男儿志在四方，哪能为我留在家里。"母亲的支持，坚定了徐霞客远游的决心。

随后，73岁高龄的徐母邀儿子一块儿游览了荆溪南边的张公洞和善卷洞。洞内漆黑，且遍布大大小小的石块，其艰难自是可想而知了，但他们母子仅靠火把照明，硬是仔仔细细地游览了个明白。母亲这样做，无非是对徐霞客进行一番鼓励和鞭策。

徐霞客有了勇气和力量，便辞别母亲游历他乡。他先后游历了太湖、洞庭湖、天台山、雁荡山、泰山、武夷山和北方的五台山、恒山等名胜，并且记录了各地的奇风异俗和游历中的惊险情景。

几年后，徐母去世了，徐霞客开始把他的全部精力扑在游历考察事业上。他跋山涉水，到过许多人迹罕至的地方，攀登悬崖峭壁，考察奇峰异洞。

在湖南茶陵，徐霞客听说这里有个深不可测的麻叶洞，便决心去探访。可当地人说洞里有神龙和妖精，没有法术的人不能进去。刚走到洞口，向导得知徐霞客不会法术，就吓得跑了出去。徐霞客毫不动摇，独自手持火把进洞探险。当他游完岩洞出来的时候，等候在洞外的当地群众纷纷向他鞠躬跪拜，把他看成是有大法术的神人。

徐霞客白天进行实地考察，晚上就借着篝火记录当天的见闻。30多年里，他走遍祖国南北，对这些地方的地理、地质、地貌、水文、气候、植物作了深入细致的调查研究，并用日记体裁进行详细、科学的记录。就是在这种环境中，他写下了闻名世界的《徐霞客游记》。

先生点评

"大丈夫四海为家""好男儿志在四方"，都说明了人们对于志向的一种追求。不要蜗居于自己的狭小天地之中，做一只井底的青蛙，而应该走出去，去看看外面的大千世界，站在一个更高的立场去看待世间的万物，以一种更广阔的胸怀去面对自己的人生。

齐姜逼夫立志

春秋时期，晋献公在宠妾骊姬的挑拨下，杀了太子申生，公子重耳和夷吾也被迫分别逃亡到狄国和梁国。后来，晋献公死了，夷吾在秦穆公和齐桓公的帮助下做了国君，他担心重耳会回来争夺王位，便派人去追杀重耳。于是，重耳又从狄国历尽艰险，逃到了齐国。

齐桓公对重耳以及追随他的子犯、赵衰、狐偃等人都十分优待，还把自己的女儿齐姜嫁给重耳，送给他 20 辆 4 匹马拉的车，并且在各方面都很照顾他。重耳在齐国一住 7 年，日子过得十分舒服，不想回国了。他的随从子犯、赵衰等人对于重耳如此胸无大志很是不满，但也无可奈何。

不久，齐桓公死了，齐孝公做了齐国的国君。子犯、赵衰、狐偃等觉得齐孝公不是一个贤能之人，不会有什么作为，便到桑园里秘密商议，要想办法让重耳离开齐国。

不料，正巧齐姜的一个小丫鬟在树上采桑叶，把他们说的话全听去了，小丫鬟立即把这件事告诉了齐姜。齐姜希望丈夫能做一番大事业，害怕这丫鬟泄露了秘密，就把丫鬟杀了，然后对重耳说："公子，知道你有远大的志向，我很高兴。你走吧！男子汉大丈夫总得做一番事业，为了实现自己的抱负，不惜走遍天涯海角，留恋妻子和贪图安逸是没有出息的！那个听到你部下秘密商议的丫鬟，我已把她杀掉灭口了。"重耳听了很惊讶，说："可是我并没打算离开你，离开齐国呀！"

齐姜听了，知道重耳不想走，便不再劝他，转而和子犯等人商量了一个计策，把重耳灌醉后，送出了齐国。后来，重耳在62岁的时候，终于回到晋国，当上了晋国的国君，史称晋文公。

先生点评

俗话说："有志飘过四海，无志寸步难行。"人生在世，没有远大的理想，就像一部没有马达的机床，生命将失去意义；未来将一片渺茫。所以，我们应该树立远大的志向，不能安于现状，否则人生将流于平庸。

第三章

超越挫折，自强不息

我们生活在竞争如此激烈的社会中，每个人都想获得胜利，出人头地。但是最强大的对手，不是别人，正是你自己，那个最终使我们受伤的强大敌人，就深深地隐藏在我们自己的心中。唯有战胜自己、超越自己，才能达到真正的进步与成功。

卧薪尝胆

　　春秋时期，各国纷争不断。公元前496年，吴国征讨越国，吴王阖闾亲率大军前去征战，双方大军在今浙江嘉兴一带展开决战。越兵背水一战，以死相拼，结果大败吴军。吴王也被毒箭射伤，阖闾临死之前，吩咐立太子夫差为王，一定要为父报仇。夫差励精图治，经过3年的努力，吴国逐渐强大起来。

　　公元前494年，吴王夫差为报越国杀父之仇，亲率大军进攻越国。越王勾践率军迎战，在夫椒对阵。结果，吴军大败越军，越王勾践带着5000残兵败将逃到会稽山上，被夫差团团包围。勾践无奈，只好派大臣文种带着大量的礼物向吴军求和。

　　文种来到吴军阵中，跪在夫差面前说："我奉亡国之君的命令冒昧地向您转达勾践的心愿，勾践情愿当您的臣子，他的妻子当您的仆人，服侍大王。"夫差没有同意。勾践和他的臣子们又想了个办法，他们把绝色美女西施送给了夫差，夫差这才同意勾践的请求。

　　勾践在吴国给夫差当了3年的仆人，才得以回到越国。回国后，勾践一心致力复国大业。为了使自己不忘耻辱，他决心在打败吴国前不睡床铺，只睡柴草，并在睡处悬挂一个猪的苦胆，每天在就寝前都要先尝尝这苦胆。这就是卧薪尝胆的由来。

　　同时，勾践放下国王的架子，谦虚对待百姓，热情地接待四方宾客。在短短的几年时间里，招募了大量有才能、有德行的人才。就这样，经过10年的耐心等待和发奋努力，勾践终于打败了吴国，并成为春秋时期的最后一位霸主。

先生点评

　　当处于人生的低谷时，你每一步的选择都是至关重要的。有的人奋起直追，以一种大无畏的勇气与逆境搏斗；有的人从此放弃，沮丧颓废。挫折只是一场"雷阵雨"，昂起头闯过去，便会有最美的彩虹出现，这样的人生即使有无数次的低谷，最终还是会走向成功。

胯下之辱

韩信是刘邦手下的大将军，后来被封为淮阴侯，但在他小时候，父母早逝，家中贫困，韩信靠到淮阴城下钓鱼卖钱维持生活。有时钓不到鱼，就只好忍饥挨饿。父母去世时，曾留下一口宝剑，他时时佩带在身上。

有一天，韩信在街头遇见一个小混混。小混混奚落他说："韩信，你平常出门，总是挂着宝剑，有什么用呢？你长得虽然高大，可你的胆量为什么那么小呢？"韩信闭口不答。这时，看热闹的人围了上来，小混混当众侮辱他说："韩信，你敢和我拼一拼吗？你敢，就拿剑来刺我；不敢，就从我两腿之间爬过去！"说完，他叉开两条腿，站在那里。韩信端详了一会儿，趴下身子从他的胯下钻了过去。看热闹的人一阵哄笑，都以为韩信是胆小鬼。只见韩信站起身来，拍拍身上的尘土，从容地走开了。

韩信后来助刘邦奠定汉业，被封为淮阴侯。汉王五年正月，改封韩信为楚王，都城在下邳。韩信到了自己的封国，把那位曾经侮辱过自己、命他从胯下钻过去的人找来，任命作巡城捕盗的武官，并且对部下的将领说："这位是壮士，当年他侮辱我的时候，我难道不能杀了他吗？杀他又没有什么道理，所以当时忍下了这口气，才能有我今天这样的功业。"

先生点评

"小不忍则乱大谋。"成大事者，必须要忍受得住眼前的屈辱，敢于和命运抗争。面对那个人的挑衅，如果韩信火冒三丈，一怒之下杀了那个人，那么，纵使逞得了一时的痛快，恐怕韩信也要吃官司。因而，该忍的时候就要学会忍耐，这才是成大事者所必备的素质。

赵匡胤偷瓜受教

赵匡胤年轻时练就了一身武艺，总是随身携带一根盘龙棍，但他不务正业，整天泡在赌场里，和赌徒们一起鬼混。

盛夏的一天，赵匡胤又从清早赌到晚上，输得分文皆无，只剩下盘龙棍，这才灰溜溜地出了赌场。

晚上夜色很好，凉风习习，赵匡胤却一点也不开心，他已经一天没吃东西了，这会儿肚子饿得咕咕叫。赵匡胤忍着饥渴往前走着，突然他看到前边有个瓜棚，瓜棚四周的地里种的都是西瓜，又渴又饿的赵匡胤顾不上做贼的耻辱，悄悄爬进瓜地，摘下一个大西瓜，一拳砸开，狼吞虎咽地吃起来。

突然，他觉得不对劲儿，抬头一看，看瓜的王老头站在他的面前。

赵匡胤顿时脸红，他摸起放在地上的盘龙棍，站起来转身就要跑，不料被王老头抓住了盘龙棍的另一头。王老头说："瓜吃完了，给钱！"

赵匡胤以为王老头要讹他，就想要赖，脖子一梗问："你要多少钱？"

没想到王老头伸出右手食指说："一文钱！"

赵匡胤浑身上下摸了个遍，竟然一文钱也没有。赵匡胤急得头上直冒汗，无奈之下，他只好双手托起盘龙棍，递给王老头做抵押。

王老头两只手接过，嘴里嘟囔着说："盘龙棍呀盘龙棍，可真委屈了你呀！你要是在英雄手里，英雄就可以用你建功立业、治国平天下。想不到你落到赌徒手里，只能赌场上逞威风，瓜棚里做抵押！你即使再精良，也无用武之地啊！"

说完，王老头将盘龙棍扔到一边，然后回瓜棚了。

王老头的一番话，让赵匡胤无地自容。他捡起盘龙棍，决心不再赌博，立志自强。从此，他和几个朋友一起自食其力，白天推着木轮车贩盐卖，晚上就练武。后来，他成了后周的一员武将。

960 年，他成了宋朝的开国皇帝。

这时，王老头已经亡故。为了感谢王老头劝诫之恩，赵匡胤下旨为王老头大修坟墓，刻石立碑，碑的正面是他亲题的"义士王老头之墓"7 个大字。

先 生 点 评

人最强大的对手，不是别人，正是自己，唯有战胜自己、超越自己，才能达到真正的进步与成功。

孙膑膑膝

孙膑，齐国阿地（今山东阳谷县东北）人。他的真实名字今已不可知，因为他曾遭受过膑刑（被去掉膝盖骨），所以后人就称他为孙膑。

孙膑少年时便下定决心学习兵法，准备做出一番大事业。成年后，他出外游学，到深山里拜精通兵法和纵横捭阖之术的隐士鬼谷子先生为师，勤奋地学习兵法阵式。孙膑很快就掌握了《孙子兵法》的精髓，并且根据自己的理解阐述了许多精辟独到的见解。鬼谷子非常高兴。

庞涓与孙膑同窗学兵法，他对孙膑的才能十分忌妒，但表面上却装作和孙膑很要好，相约以后一旦得志，彼此互不相忘。后来，庞涓先行下山，投奔魏国，得到魏惠王的重用，被提拔为将军。但他深知自己的能力远不如辅佐齐国的孙膑，感到他是个威胁，便想方设法把孙膑"挖"到魏国来。

孙膑到来之后，他先是虚情假意地热烈欢迎，而后委之以客卿的官职，孙膑自然对不忘旧日同窗之情的庞涓感激万分。然而半年之后，庞涓盗用法令，罗织罪名，诬陷孙膑私通齐国，对他施以膑刑，脸上也刺上字，目的在于从精神上销蚀孙膑。当孙膑知道是庞涓陷害自己后，就想方设法摆脱庞涓手下的监视，准备有朝一日逃离虎口。

不久，齐国使者来到魏国，暗中探访孙膑，把他藏入车中带回齐国。在一次王公贵族的赛马活动中，大将田忌将足智多谋的孙膑推荐给齐威王。在齐威王面前，孙膑畅谈兵法，尽叙平生所学，受到齐威王的赏识，被任命为齐国军师。后来，在齐魏马陵一战中，庞涓被孙膑打得"智穷兵败"，无颜见世人而自刎，孙膑从此名扬天下。

先 生 点 评

面对命运的不公，面对"朋友"的诬陷，孙膑能忍隐不发，潜心等待时机的到来。这不但需要惊人的耐力，同时也需要有东山再起的决心和勇气。当你面对挫折时，不要低头，不要丧气，昂起头，挺起胸，用"决心"与"勇气"去战胜它，铸造一个丰富而充实的人生。

司马迁受辱写《史记》

司马迁是中国历史上伟大的史学家，早年出游大江南北，考察各地民风习俗，采编古籍，收集传说，后继父职任太史令，负责掌管国家图书典籍、天文历算和文书档案，得观国家藏书，为治史提供了众多的资料。

天汉二年（公元前 99 年），正当司马迁全身心地撰写《史记》之时，却遇上飞来横祸，即李陵事件。苏武出使匈奴的第二年，汉武帝派贰师将军李广利（汉武帝宠妃的哥哥）统兵 3 万攻打匈奴，结果兵败而归，几乎全军覆没，李广利逃了回来。李广利的孙子李陵当时担任骑都尉，带着 5000 步兵跟匈奴作战，单于亲率 3 万骑兵把李陵的步兵团团围住，尽管李陵箭法超群，兵士骁勇，但寡不敌众，后无援兵，最终李陵被匈奴擒住。李陵投降匈奴的消息震惊朝野，汉武帝将李陵的母亲和妻儿下狱，并召集群臣商议。朝中大臣都谴责李陵贪生怕死，有负皇恩。司马迁却为李陵辩解："李陵带去的步兵不满5000，却深入敌人腹地，歼敌无数，虽败犹荣。李陵被擒未即刻赴死，一定是想等待时机将功赎罪以报皇恩。"

汉武帝认为司马迁为李陵辩护，是有意贬低李广利，勃然大怒，将司马迁下狱审问，定罪处以腐刑。

受此奇耻大辱，司马迁很想一死了之。后来他冷静下来，想起了古人受辱后发奋图强的事迹：周文王被关在羑里，写了一部《周易》；孔子周游列国被困陈蔡，编写了一部《春秋》；左丘明眼睛瞎了，写下《国语》；孙膑被剜掉膝盖骨，写出《兵法》……这些宏伟著作，都是作者在困苦环境中和心情郁闷时写成的。每每想起这些，司马迁眼前就浮现出这些先贤忍着痛苦奋笔疾书的情形，心中感叹，他们能够如此，我为什么不能把这部史书写好呢？

从此，司马迁把所有的痛楚和烦恼都抛在脑后，全身心投入《史记》的编写中。

日月轮回，寒来暑往，司马迁几易其稿，终于完成了《史记》的写作。

先生点评

面对挫折，不同的人会选择不同的态度去对待；会以不同的方式去处理，也就导致了不同的结果。司马迁面对屈辱和欺压，为实现自己的理想昂首前进，这样的人才是大智大勇之人。

马融忍辱

马融，字季长，是东汉名将马援的侄孙，东汉儒家学者，著名经学家，尤长于古文经学。他设帐授徒，门人常有千人之多，卢植、郑玄都是其门徒。

东汉安帝永初三年（109 年），大将军邓骘慕名征召马融做舍人，马融却不想应允："一入官场，必多受制约，我决意不应此召。"

朋友摇头："大丈夫以治国安邦为最大志向，如此机遇，怎能放弃呢？你做事全凭自己的兴趣，随意懒散，若是苦读诗书不能用之大业，和那腐儒又有何区别？"

当时，马融客居在凉州武都、汉阳地界，此刻羌人作乱，当地深受袭扰。不久，战祸的影响也使马融深受其苦，饥饿不堪，难以维持生计。

朋友伤心地说："时下米谷价高，祸乱不止，自函谷关以西，随处可见饿死之人。你我身为书生，自身都是不保，难道还不惭愧吗？"

马融长叹流泪："看来我的想法错了。我先前怕受一点儿委屈，竟有负大将军的盛情相召，说来真是不明大理。"马融于是应允做了舍人。

马融自此有了匡扶大政之志，他辛勤办事，两年之后又被任为校书郎中。

当时朝中由邓太后执政，邓氏兄弟掌握权柄。马融心系朝廷，针对朝政弊端，用心写就《广成颂》献给皇上。

《广成颂》得罪了邓氏，邓氏对他厌恶日深，整整 10 年没有让他升迁。

10 年之间，马融仍是尽心做事，从未流露出对邓氏的不满。家人劝他辞官回乡："何必在此受辱呢？有一天若是再生事端，恐怕我们连回乡都不能了，那时岂不更后悔？"

马融劝慰家人说："我的志向还没有达到，辞官只能让我前功尽弃。我不发怨言，忍辱以待，就是为了保住这仅存的官位，他日以做大事。"

后来，邓太后还是借故罢免其官职，逐其回乡。但马融并没有因此而气馁，他对家人说："邓氏专权，飞扬跋扈，必定不能久长。只要我不堕其志，定有返朝之日。"

果然，邓太后去世后，亲政的汉安帝又征召马融为官，马融终于能施展他为国为民的抱负了。

先 生 点 评

　　人生在世，受气是难免的，多少人因"咽不下这口气"而拼死一搏，如果相拼的对手实力远远胜过自己，将无异于以卵击石，付出惨痛代价。有时候忍气吞声，并非因为怯懦，而是因不得已而为之。在忍耐中奋发，积蓄力量，终有一天，你会走出忍耐，走向成功。

东山再起

　　谢安是东晋时期陈郡阳夏人，出身士族，年轻时就注意修身养性，喜欢读书习艺，才气隽秀，跟王羲之是好朋友，经常在会稽东山游览山水，吟诗谈文。他在当时的士大夫阶层中名望很大，大家都认为他是个有才干的人。有人推举他做官，他上任一个多月，就不想干了。他虽有造福百姓的志向，当时的现实却无法实现这个志向。当时士大夫中间流传着一句话："谢安不做官，百姓怎么办？"

　　直至他的好友、侍中王坦之去东山面请，痛陈社稷危艰，国势衰微，亟须良将谋臣匡扶，谢安才悚忧而起，应召出山。其时，他已经40多岁了。尽管年纪比较大了，但是谢安想，既然受命于危难之际，那就一定要好好地干出一番事业。从此之后，谢安宵衣旰食，不敢懈怠，开始了他中年以后20年的奋斗，后来，谢安官居宰相。

　　太元八年（383年），苻坚率领着号称百万的大军南下，志在吞灭东晋，统一天下。苻坚主力到达项城时，益州的水军也沿江顺流东下，黄河北边来的人马也到了彭城，从东到西一万多里长的战线上，前秦水陆两路进军，向江南逼近。这个消息传到建康，晋孝武帝和京城的文武官员都着了慌，大家都盼望宰相谢安拿主意。谢安审时度势，自己坐镇建康，指挥众人配合作战。因为他指挥得当，晋军以少胜多，最后取得了淝水之战的胜利。

先生点评

　　俗话说："人生不如意事，十之八九。"没有任何一个人的人生会是一帆风顺的，如果你正在遭遇失败，正在经历低谷，不要心存抱怨，因为它正在为你的人生增添美丽的色彩。事实上，只要人的意志不倒，不在失败面前止步，就一定可以渡过"山穷水尽"的境地，迎来"柳暗花明"。

第四章

孝亲不能等

　　古人说"忠臣出孝门"，因为孝是最基本的善举，如果连父母的大恩都不报，还能指望一个人有什么善举？一个连父母都不去孝敬的人，还能指望他对朋友付出真诚吗？因而，孝既是对父母的宽慰，也是对自身的完善，更是赢得社会资本的根本方式。

汉文帝亲尝汤药

汉文帝是汉高祖刘邦的第四个儿子，他原本不是太子，后来因为孝顺贤能，而被群臣拥立为皇帝。

汉文帝即位后，很用心管理朝政，是一个有抱负也比较宽容的皇帝。在生活上，他很俭朴，对母亲也极为孝顺。有一年，他的生母薄太后病了，卧床不起，他十分体贴地侍奉，从不懈怠。薄太后卧病3年，他每天都去探望，常常衣不解带地在病床边照顾。母亲所服的汤药，他都要亲口尝过，确认温度适宜后才放心让母亲服用。

有一首专门称赞他的诗写道：

仁孝闻天下，

巍巍冠百王。

母后三载病，

汤药必先尝。

汉文帝的仁孝传遍了四方，感化了所有的官员和百姓。

汉文帝在位共24年，他一直很注意发展农业，以德治国，非常注意教化百姓孝顺。因此，他在位期间，西汉社会稳定和谐，人丁兴旺，经济也得到恢复和极大的发展。在历史上，他与汉景帝的统治时期被共同誉为"文景之治"。后人为了纪念文帝的伟业和仁政以及他的孝道，将其列为二十四孝之第二孝。

先生点评

自古道"久病床前无孝子"，而汉文帝刘恒却能做到三年如一日。即使身为皇帝，他也没有忘记自己为人子女的事实。万事孝为先，因为父母的付出远远比山高、比海深。

随鹿得参

随鹿得参讲的是目录学家阮孝绪的故事。阮孝绪是南朝梁陈留尉氏（今河南省境内）人，陈留这个地方出过不少名人，曾是中原文化的繁荣之地。

阮孝绪的身世比较奇特，在他很小的时候，就被过继给了家境富裕的堂伯父做儿子，他对伯父特别孝顺，但是他丝毫不贪恋伯父家的财产，而是让伯父把钱财资助给那些过得比较穷的亲戚。

由于他的身世奇特，他不但孝顺堂伯父，还很孝顺自己的父母。

有一次，他去外地听别人讲经文，忽然感觉心惊肉跳，特别不安，他预感可能是母亲生病了，就急忙赶回来看望母亲。果不其然，他的母亲确实忽然生了病，本来他的兄弟们要叫他回来的，但是母亲不愿意耽误他听人讲经文，就阻止了其他的儿子。没想到，阮孝绪竟然自己感应到而回来了，乡亲们无不感到惊讶。

听医生说母亲的病需要新鲜的人参才能医好，阮孝绪就去山上找人参。一连找了很多天，却连人参的影子都没见到，找人参就是这样，很需要运气。运气不好的人可能好几年都见不到人参。但是他丝毫不泄气，继续寻找。有一天，他找得很累，很想休息一下，忽然他的前面出现了一只鹿，鬼使神差般的，他忘记了劳累，就跟着鹿走了起来。一会儿，那只鹿不见了踪影，而一株新鲜的人参却出现在他的面前。他喜出望外，就采摘了人参，回去给母亲熬药，后来母亲就痊愈了。

知道这件事的人，都说阮孝绪的孝心感动了天地，所以出现了一只神鹿指路，让他采摘到了人参，于是有了随鹿得参这个故事，并一直流传下来。

先生点评

出自于内心真诚的感恩和敬爱才算是真正意义上的孝，而不是礼节上的做作和表面上的修饰。孝顺绝不是喊口号，讲排场，而是应该用实际行动表达自己对父母的孝顺之意。

卧冰求鲤

晋朝有一名琅琊人叫王祥，他的生母很早就去世了，继母朱氏不喜欢他，多次在他父亲面前说他的坏话，让他被父亲厌恶，失去父爱。但是王祥并没有因为这些而怨恨父母，相反，他对父母非常孝顺。父母患病，他便衣不解带、日夜侍候。有一次继母生病了，想吃活鲤鱼，但当时是寒冬腊月，天寒地冻，河面被水封了，根本无法捕鱼。

王祥为了能让病中的继母吃上活鲤鱼，想了一个很"傻"也很危险的办法：解开衣服卧在冰上，想用自己的体温融化坚冰捉鱼。也许是被王祥的心意感动了，这时三尺厚的冰突然自行融化，从冰下跃出两条鲤鱼！王祥高兴地拿着鱼回家了。回家后，父亲看见了鱼，便问王祥是从哪里弄来的，王祥就详细地介绍了得到鱼的过程。王祥的父母颇受感动，尤其是继母，她羞愧不已，拉着王祥，羞怯地说道："祥儿，你真是个好孩子，以前为母错怪你了，以后我再也不会嫌弃你了。"父亲也说道："祥儿为人善良，宽厚待人，真令人钦佩！这下，你亲生母亲可以在九泉之下安息了。"

也许是因为心情好的缘故，继母朱氏吃完充满孝心的鱼汤，很快就痊愈了。从此母子俩的关系也变得非常好。为了给父母养老送终，王祥隐居了20余年，直到父母都去世，守完孝之后，才应邀出外做官。他从温县县令做到大司农、司空、太尉，并被封为睢陵侯。后人为了纪念他，还专门编了一首诗：

继母人间有，王祥天下无。

至今河水上，一片卧冰模（mú）。

先生点评

人非圣贤，孰能无过。青少年有时候也会因为琐碎的学习和生活心情不好甚至迁怒。这时候，我们应该尽量去体谅父母，尽量让自己做得更好，而不是紧紧抓着一时的委屈不放。

子路背米

相传我国伟大的思想家、教育家孔子一生弟子3000，其中贤弟子72。这72人中有一个叫子路的人，在所有弟子当中，他以勇猛耿直闻名，而其自幼的孝行也常为孔子所称赞。

子路小的时候家里很穷，一家人时常在外面采集野菜充饥。有一次，子路年迈的父母许久没有吃过饱饭了，总念叨着什么时候能吃上一顿米饭该多好啊！可是家里一点儿米也没有。子路看在眼里，急在心里：这可怎么办啊？子路突然想起山那边舅舅家里还比较富足，要是翻过那几道山到他家借点米，他们心疼我，就一定肯借，那父母的心愿不就可以满足了吗？于是，子路打定主意出发了。

他不顾山高路远，翻山越岭走了几十里路，从舅舅家借到一小袋米，又马不停蹄地往家赶。夜里看着满天的繁星，一个人走在漆黑的山路还真有点害怕，可想到父母还在家里等着自己，子路又鼓起勇气，大步流星地朝前赶去。

回到家里，子路忙着生火、洗锅、打水，蒸熟了米饭，自己一口也舍不得吃，连忙捧给了父母。看到父母吃上了香喷喷的米饭，子路忘记了一切疲劳，开心地笑了。

父母去世以后，子路南游到楚国。楚王非常敬佩他的学问和人品，给子路加封到拥有百辆车马的官位。家中积余下来的粮食达到万石之多。坐在垒叠的锦褥上，吃着丰盛的筵席，子路常常怀念双亲，感叹说："真希望再同以前一样生活，吃藜藿等野菜，到百里之外的地方背回米来赡养父母双亲，可惜没有办法如愿以偿了。"孔子赞扬他说："你侍奉父母，可以说是生时尽力，死后思念哪！"

"树欲静而风不止，子欲养而亲不待"，这是皋鱼在父母死后发出的叹息。这与子路的心态不谋而合。尽孝并不是用物质来衡量的，而是要看你对父母是不是发自内心的诚敬。

先生点评

我们能孝敬父母、孝养父母的时间一日一日地递减。如果不能及时行孝，会徒留终生的遗憾。孝养要及时，不要等到追悔莫及的时候，才思亲、痛亲之不在。

杀鸡奉母

茅容是东汉时期河南陈留人，40岁时，他还只是个非常普通的农夫，但让人称道的是，他对自己的母亲特别孝顺。为了增加庄稼的收成，更好地奉养母亲，不管刮风下雨，他都非常辛勤地劳作。

有一次，他在地里辛勤地耕种，忽然天降大雨，茅容和在地里耕种的其他人都跑到一棵大树下避雨。只见其他人都在树下吊儿郎当地或站或坐，谈笑粗俗，只有茅容一个人在那里端正地坐着不说话。这时候，有一个人从此处经过，见到茅容气质不凡，就主动与茅容交谈起来。两个人一直聊到天黑还言犹未尽，于是此人就随茅容回家住宿。

这个过路人正是当时的名士郭林宗，郭林宗学识渊博，有弟子千人，十分爱结交有德之人。

两人一夜无话不说，第二天一大早，郭林宗看到茅容在杀鸡炖汤，就以为茅容要款待自己，不禁为茅容的好客所感动，但是等到吃饭的时候，茅容端上来的却是山肴（yáo）野蔬，郭林宗不禁暗自惊讶。后来，他才知道茅容把炖好的鸡肉一分为二，一份让母亲这顿吃；另一份留着让母亲下顿吃，而自己和客人都吃山肴野蔬。郭林宗不禁感动于茅容的孝心，对此大加赞赏，并主动提出教茅容学习圣贤之道。后来，在郭林宗的指导下，茅容成为学位品行并重的人，而他孝顺母亲的故事也广为流传。

先生点评

把好东西让给父母享用，这个举动看似简单，但并不是谁都能做到。孝顺父母是品德完善的表现，而这种孝心有时候跟成功、学识和名利关系并不是太大，不管是学识渊博的知识分子，还是耕作田间的农夫，只要有孝顺父母的心意和做法，都值得人尊重。

缇萦救父

汉文帝时期，在临淄这个地方出了一个很有名的人，她就是勇于救父的淳于缇萦。

淳于缇萦的父亲淳于意弃官从医后，救死扶伤，深受百姓爱戴。汉文帝四年（公元前176年），淳于意被一位富商请去为他的妻子看病，结果病人的病情没有好转，反而在几天之后死了。富商仗势欺人，向官府告了淳于意一状，说他看错了病，致人死亡。

当地的官吏也没有认真审理，就判处淳于意"肉刑"（当时，肉刑有脸上刺字、割鼻子、砍左足或右足等），要把他押解到长安去受刑。

淳于意有5个女儿，他被押送长安离开家之前，望着女儿们叹气，说："唉，可惜我没有儿子，遇到急难时，连个帮手也找不到。"听了父亲的话，几个女儿哭得更伤心了，最小的女儿缇萦心想："为什么女儿就没有用呢?"于是,她提出要陪父亲一起上路。衙役被她的孝心感动了,答应带着她一起上路。

一路上,淳于缇萦对父亲精心照料:天热了,为父亲擦汗;下雨了,为父亲撑伞;每天晚上还要为父亲洗脚解乏……

到了京城之后,淳于缇萦不顾疲劳,马上四处奔走,为父亲喊冤。可是,长安官府的人一看申诉的竟是个还未成年的小姑娘,便没有理睬。于是,淳于缇萦托人写了一封申冤信,决定冒死直接上书皇帝。

之后,淳于缇萦来到经常有朝廷大官路过的街道,苦苦等待。一天,一顶官员大轿迎面而来,她马上灵机一动,用双手举起书信,跪在马车前。轿上的官员见了,马上下令停轿查问情况,小缇萦就把父亲被抓的事情一五一十地告诉了这位大臣,还说:"如果父亲真的有罪,我情愿到官府作奴婢来替父亲赎罪,好让他有个改过自新的机会。还请求您把这封信带给皇上。"

听小缇萦说得如此诚挚恳切,这位大臣答应了她的要求。皇上读了这封信后,被深深地打动了,当他听说小缇萦千里救父的事迹后,更是十分钦佩。之后,皇上亲自审理此案,并为淳于意洗清了不白之冤。

先生点评

要孝敬父母不能光有言行,还必须有真正付诸行动的爱。故事中的小缇萦,也许在她的心中根本就没有很明确的所谓孝顺的概念,但是,她拥有一种最朴素的孝顺行为,时时事事都想着自己的父亲,都站在父亲的角度来考虑问题。

黄香扇枕温席

黄香是我国东汉时期的一位文化名人,他从小就知道亲近、孝顺父母，是一个孝顺的孩子。可不幸的是，黄香9岁时便死了母亲，又没有兄弟姐妹，只有他和父亲相依为命。

他深知父亲的辛苦，对父亲倍加孝顺，一切家务活都由他一个人承担，别的小孩子在玩耍时，他在家里劈柴做饭，好让父亲有更多的时间休息。

黄香除平时帮助父亲操持农活、料理家务外，冬天还要为父亲暖被子，夏天为父亲扇凉席子，他是怎么做的呢？

夏天的时候，天气炎热，黄香的父亲干完活儿，坐在院子里乘凉。黄香就用扇子把床扇凉，然后伺候父亲上床就寝。

冬天的时候，天寒地冻，常常下几天的大雪，由于家里贫穷，没有那么多取暖的柴火，他就先钻进冷被窝把被窝暖热，才让父亲躺下睡觉。日久天长，乡邻们称赞黄香是一个天性善良、孝顺的儿子。

一天，黄香从山上打柴回来，看见路上有一条长蛇快要干渴而死，就将它带回家放进屋后的小河沟里。长蛇见了水后就活了过来，并似乎感激地向黄香点了点头，钻进了河底。

一年，黄香的父亲突然患了一种面黄肌瘦、四肢无力的怪病，无论是黄香请来远近闻名的郎中诊治，还是黄香自己精心调理，父亲的病都不见好转！黄香为此急得不思茶饭，人也瘦了不少。

一天夜晚，黄香梦见自己曾救过的长蛇对他说："我是鳝鱼，你把我做熟了给你的父亲吃，你父亲就会好的。"黄香一梦醒来，便来到屋后河沟观看，果然见沟里有无数条笔杆般长短，笔杆般粗细的鳝鱼，就用鱼篓装了一些回去，做好了给父亲吃。说也奇怪，父亲带肉带骨头地吃了一盘鳝后，病就完全好了！

在黄香12岁时，江夏的太守特意表扬了他的"至孝"，当时的皇帝也曾嘉奖过他。

先生点评

对待父母，很多感激的话没办法当面说出口，很多的情感也没有办法用语言来表达。如果没有办法将对父母的心意说出来，我们也可以学习一下黄香，用实际行动让父母感觉到自己对于他们的爱。

伯俞泣杖

汉代梁州有个名叫韩伯俞的人，他有一个非常严厉的母亲，伯俞偶尔做错事情时，最害怕的就是被母亲知道了生气。有时候，母亲会用手杖打他，每当这时，伯俞就低头躬身等着挨打，不哭也不为自己辩解。直等母亲打完了，气渐渐消了，他才和颜悦色地低声向母亲道歉悔过。

伯俞长大后，是出了名的孝子，对母亲十分敬爱，能常常替她想到很多生活上的小事情。有一次，伯俞不知道因何惹母亲发火，年事已高的母亲随手就打了伯俞几下。其实，母亲打在身上一点也不重，他却忽然哭了起来。

母亲问他："以前打你时，你总是不言声，也不见你像今天这样掉眼泪。现在怎么这样难受，难道是因为我打得太疼吗？"

伯愈忙说："不是的。"他擦了擦眼泪，说，"以前挨打时，虽然感到很疼，但我心中庆幸母亲您的身体康健，以后我们还会有很长的时日在一起。今天母亲打我，我一点儿也不觉得疼，足见母亲的身体大不如前了，所以心里悲哀。"

后人听说了这个故事，就总结出了一个词语，叫作"伯俞泣杖"。

先生点评

爱不一定要拘泥于某种形式。没有母亲的严厉，也许锻造不出成功的伯俞。对于父母的管束、教育甚至是唠叨，我们也应该从另一个角度去看待，尝试去理解父母的苦心，未尝不是一种孝行。

第五章

自律塑造高贵人格

　　我们身处的社会虽然不是物欲横流，但也有太多的诱惑，要想保持自己高贵的人格，便需要以一颗淡定的心去抵御诱惑。只有这样，才能不被别人牵着鼻子走，才能获得自己想要的人生。

两袖清风

于谦，字廷益，明朝名臣。他在没有调入京城前，一直担任地方官。他为官清廉，对下属的各级官员要求都十分严格，坚决禁止受贿、贪赃，他自己更是以身作则。

于谦一生清廉，从不收受礼物。即便在他60岁寿辰那天，有人送礼来，他也叮嘱管家一概不收。

皇上因为于谦忠心报国，战功卓著，也派人送去一只玉猫金座钟。谁知管家根据于谦的叮嘱把送礼的太监拒之门外。太监有点不高兴，就写了"劳苦功高德望重，日夜辛劳劲不松。今日皇上把礼送，拒礼门外情不通"四句话让管家给于谦送去。于谦见后，在下面添了4句："为国办事心应忠，做官最怕常贪功。辛劳本是分内事，拒礼为开廉洁风。"太监见于谦这样坚决，无话可说，便回去向皇上复命了。

不一会儿，于谦的同乡好友、一起做官的郑通也来送礼，于谦还是写4句话赠送："你我为官皆刚正，两袖清风为黎民。寿日清茶促膝叙，胜于厚礼染俗尘。"郑通十分敬佩，于是让家人把礼物带回去，自己进门与于谦叙谈友情。

正统年间，宦官王振专权，他作威作福，以权谋私，肆无忌惮地招权纳贿。每逢朝会，各地官僚为了讨好他，多献以珠宝白银。而于谦每次进京奏事，总是不带任何礼品。他的同僚劝他说："你虽然不献金宝、攀求权贵，也应该带一些著名的土特产如线香、蘑菇、手帕等物，送点人情呀！否则，人家会对你有看法，还会找你的麻烦的。"

于谦潇洒一笑，甩了甩他的两只袖子，风趣地说："只有清风！我当官是为国为民，不是为了某一个人。只要我为官清廉，认真做事，又何须担心他人？"

为此他曾作过一首《入京》诗以明志："绢帕蘑菇与线香，本资民用反为殃。清风两袖朝天去，免得闾阎话短长。"绢帕、蘑菇、线香都是他任职之地的特产。于谦在诗中说，这类东西本是供人民享用的，只因官吏征调搜刮，反而成了百姓的祸殃了。他在诗中表明了自己的态度：我进京什么也不带，只有两袖清风朝见天子了。

先生点评

"一身正气，两袖清风"，无疑是对于谦最好的评价了。这是一种潇洒，同时也是一种气节。自古以来，官场都是个大染缸，能在里面洁身自好就已经难能可贵。在保证自身的廉洁之外，还能够以一人之力，澄清官场这缸浑水，更是难上加难了。

木人石心

西晋时期，有一个名士叫夏统，字仲御，会稽人，是位超凡脱俗的隐士。他多才善辩，以此闻名于当世。当时有许多人请他担任幕僚，但都被他拒绝了。

后来，夏统因为母亲病重去洛阳买药，正好碰上三月上巳这天，洛阳王公以下的人都出游。浮桥上、道路上，男女并驾齐驱，华丽的车子、鲜艳的服装充满街道。当时夏统正在船上晒他买回的药，许多达官贵人的车骑来来往往如云彩一般，夏统却不看他们。太尉贾充觉得奇怪，就问他是什么人。夏统一开始并不回答，贾充一再询问，他才慢慢地说："我是会稽人夏仲御。"

贾充听说是夏统，对其清名素有耳闻，便想让夏统在自己府上担任幕僚，以借助他的才学和名望来扩充自己的势力，结果遭到了夏统的婉言谢绝。

贾充不甘心，调来整齐的军队，装饰上华丽的车马，吹着响亮的号角，从夏统面前走过。贾充对夏统说："如果你同意到我身边来做官，就可以指挥这些军队，乘坐这样华美的车子，那该有多威风啊！"

夏统像是没有看见眼前豪华显赫的场面，根本不动心。

　　贾充仍不死心，又招来一些美女，在夏统面前轻歌曼舞。贾充心想，这下你总该动心了吧。不料，夏统漠然如初，毫不动摇。贾充见全然打动不了夏统的心，不解地说："天下竟有这样的人！真像木头做的人，石头做的心啊！"

先生点评

　　我们身处的社会虽然不是物欲横流，但也有太多的诱惑，要想保持自己高贵的人格，便需要以一颗淡定的心去抵御诱惑。只有这样，才能不被别人牵着鼻子走，才能获得自己想要的人生。

强项令董宣

　　汉光武帝建立东汉王朝后，采取了一系列休养生息的政策，例如减轻一些捐税，释放奴婢，减少官差等。因此，东汉初年，经济得到了恢复和发展。

　　汉光武帝懂得打天下要靠武力，治理天下还得依靠法令。不过法令也只能管老百姓，要拿它去约束皇亲国戚，那就难了。汉光武帝的姐姐湖阳公主依仗自己的弟弟是皇帝，横行无忌，连她的奴仆也不把法纪放在眼中。

　　洛阳令董宣是一个耿直的人，他认为王子犯法与庶民同罪。湖阳公主有一个家奴仗势行凶杀了人，躲在公主府里不出来。根据当时的法规，董宣不能进公主府去抓人，于是他就派人守在公主府门口，只等家奴出来。

　　一天，湖阳公主坐着马车外出，跟随她的正是那个杀人的家奴。董宣得到了消息，就亲自带衙役赶来，拦住湖阳公主的车。

　　湖阳公主大怒："好大胆的洛阳令，竟敢阻拦我的马车！"

董宣毫不畏惧，当面责备湖阳公主不该放纵家奴犯法杀人。他不管公主阻挠，吩咐衙役把凶手逮起来，当场处决。

湖阳公主十分生气，马上赶到宫里，向光武帝哭诉董宣欺负她。光武帝听了也十分恼怒，立刻召董宣进宫，吩咐内侍当着湖阳公主的面，责打董宣，想替公主消气。

董宣说："先别动手，微臣有话要上奏。"

光武帝怒气冲冲地问道："你还有什么话可说?"

董宣说："陛下是一个中兴的皇帝，应该注重法令。现在陛下让公主放纵奴仆杀人，还能治理天下吗? 如果微臣因为维护法令而获罪，恳请以死谢天下!"说罢，董宣便向柱子撞去。光武帝连忙吩咐内侍把他拉住，但董宣已经撞得头破血流。

光武帝理屈，但是为了顾全湖阳公主的面子，要董宣向公主磕头赔礼。董宣宁死不磕，内侍把他的脑袋往地下摁，可是董宣用两手使劲撑住地，挺着脖子。

内侍回报说："董宣的脖子太硬，摁不下去。"

汉光武帝也只好放了董宣。

湖阳公主见汉光武帝放了董宣，心里很气，对汉光武帝说："陛下从前做平民的时候，官吏不敢上咱家来搜查。现在做了天子，怎么反而对付不了小小的洛阳令?"

汉光武帝说："正因为我做了天子，就不能再像做平民时那样肆意为之。"

结果，汉光武帝不但没办董宣的罪，还赏给他 30 万钱，奖励他执法严明。

先 生 点 评

董宣敢于挑战有权势之人，坚持原则不退让、宁折不弯的精神值得我们尊敬。每个人都有一个衡量一切的尺度，所以对生活中发生的事情容忍程度不一。作为一个执法者，对自己、对他人都应该严格要求；如果是普通人，就要严于律己。敢于坚持原则，宁折不弯的精神，这些都将成为青少年走向成熟、走向成功的条件和原因。

不卑不亢的李垂

李垂，字舜工，山东聊城人，北宋官员。咸平年间考中进士，先后担任著作郎、馆阁校理等职。他曾编写了 3 卷《导河形胜书》，对治理旧河道提出了许多有益的建议。他博学多才，为人正直，对当时官场中奉承拍马的庸俗风气非常反感，因不肯同流合污而得罪了许多权贵，一直得不到重用。

当时的宰相丁谓就是一个善于阿谀奉承之人，他用卑劣的手法获取了宋真宗的欢心，从而掌握大权，加上他玩弄权术，排挤异己，最后独揽朝政。许多想要升官发财的人见他炙手可热，便都争相吹捧他、奉承他，希望可以获得他的赏识，平步青云。

有人见李垂从来不去刻意地讨好丁谓，十分不解，便问他为何从未去拜谒过当朝的宰相。李垂说："丁谓身为宰相，不但不以身作则，公正地处理政事，反而仗势欺人，实在有负于朝廷对他的重托和百姓对他的期望。这样的人我为什么要去拜谒？"这话很快就传到了丁谓的耳朵里，丁谓对此非常恼火，便借故把李垂贬到外地去了。

宋仁宗即位后，丁谓倒台，而李垂则被召回京都。一些关心他的朋友对他说："朝廷里有些大臣知道你才学过人，都想推举你做知制诰。不过，当今的宰相还不认识你，你是不是应该去拜访他呢？让他认识认识你，一定会有好处的。"

李垂淡淡地回答说："如果我 30 年前就去拜谒当时的宰相丁谓，可能早就当上翰林学士了，但是我并没有这样做。我仍然坚持自己的原则，见到有的大臣办事不公，就当面指责他，以我现在的年纪，又怎么能趋炎附势，看别人的眼色行事，借以换取他们的提携呢？"他的这番话又传到了新任宰相的耳朵里。结果，他再次被排挤出了京都。

先生点评

正直的人永远追求真理，也永远忠实于真理，真理不会因为愚昧而磨灭。正直的人无论遇到多大的困难和阻力，都会始终坚持自己的原则，不卑不亢，既不献媚于当权者，也不会因为轻视自己而背弃良知，这是每个人都应该学会的做人原则。

刘仁瞻为国尽忠

刘仁瞻是五代十国南唐大臣。他对国家十分忠诚，在任寿州（今安徽省寿县）节度使时，恰逢后周来攻。这一战，南唐的援军都被打掉了，寿州成为孤城，战士们都已经快支撑不住了，有很多人都劝刘仁瞻放弃，但刘仁瞻坚守不让。

刘仁瞻见到周世宗伞盖，挽起强弓射去，一箭射到周世宗面前仅数步。左右随从连忙请周世宗退避，但周世宗毫不畏惧，一点儿也不害怕，竟然移步到刚才刘仁瞻射中处大喊道："刘将军，你是一个人才，我很欣赏你，刚才你没射中，现在我站近一点儿，请再射！这次你肯定能射到。"

刘仁瞻再一箭射去，竟然又只差数步！周世宗大笑道："刘将军请继续射，箭射完了朕再给你送！"刘仁瞻大惊道："难道他果然是真命天子？看来此城必破，我只有以死报国了！"说罢掷弓于地，仰天长啸。

虽然刘仁瞻已经明白天下大势已不属南唐，但仍然忠于职守，周军始终无法攻克寿州。

唐军虽然不能解寿州之围，但也一直在努力增援。唐中主之子齐王李景达集结禁军主力，准备收复扬州。先前攻克并驻守扬州的周将韩令坤兵力不多，奏请弃守扬州。

周世宗爱惜刘仁瞻的忠义，请孙晟到寿州城下劝降，孙晟一口答应，来到寿州城下，周世宗大喜。

但孙晟一见到刘仁瞻就大喊道："刘将军！你是大唐的忠臣，降敌会遗臭万年，不是您做得出来的事情。现在固守在此城，已断无活路，不要再妄想活着回金陵见皇上了，尽忠死节吧！"

刘仁瞻在城上听后痛哭流涕，身披甲胄向孙晟三叩而谢，再面向金陵方向叩首，誓要为唐天子尽忠死节！

在诱惑面前刘仁瞻毅然选择了为国尽忠，充分体现了他顾全大局、无私无畏的高尚品质。生与死都为自己的国家尽忠，哪怕只剩下一口气，也要骄傲地活、有骨气地死。

先生点评

孟子曾经说过："人必自侮，而后人侮之，家必自毁，而后人毁之，国必自伐，而后人伐之。"每一个正直的人都该维护自己的尊严。一个人如果没有了骨气，奴颜婢膝，蝇营狗苟地生活将是最大的悲哀。那样的人生简直毫无意义。

公仪休洁身自好

春秋时期鲁国的宰相公仪休非常喜欢鱼，赏鱼、食鱼、钓鱼，爱鱼成癖。

一天，府外有一人要求见宰相。从打扮上看，像是一个打鱼的，他手中拎着一个瓦罐，疾步来到公仪休面前，伏身拜见。公仪休抬手命他免礼，看了看，不认识，便问他是谁。那人赶忙回答："小人子男，家处城外河边，以打鱼为生。"公仪休又问："那你找我所为何事，莫非有人欺你抢了你的鱼了？"子男赶紧说："不不不，大人，小人并不曾受人欺侮，只因小人昨夜出去打鱼，见河水上金光一闪，小人以为定是碰到了金鱼，便撒网下去，却捕到一条黑色的小鱼，这鱼说也奇怪，身体黑如墨染，连鱼鳞也是黑色。而且黑得透亮，仿佛一块黑纱罩住了灯笼。小人素闻大人喜爱赏鱼，便冒昧前来，还望大人笑纳。"

公仪休听完，心中好奇，其夫人也觉得纳闷。子男将手中拎的瓦罐打开，果然见里面有一条小黑鱼，在罐中来回游动，碰得罐壁乒乓作响。公仪休看着这鱼，忍不住用手轻轻敲击罐底，那鱼便更加欢快地游跳起来。公仪休笑起来，口中连连说："有意思，有意思。"公仪休的夫人也觉别有情趣，子男见状将瓦罐向前一递，道："大人既然喜欢，就请大人笑纳。"公仪休却急声说："不行，这鱼你拿回去，我虽说喜欢这鱼，但这是你辛苦得来之物，我岂能平白无故收下。你拿回去。"子男一愣，赶紧跪下道："莫非是大人怪罪小人，嫌小人言过其实，这鱼不好吗？"

公仪休笑了，让子男起身，说："哈哈哈，你不必害怕，这鱼也确如你所说并不多见，只是这鱼我不能收。"子男惶惑不解，拎着鱼，愣在那里，公仪休夫人在旁边插了一句话："既是大人喜欢，倒不如我们买下，大人以为如何？"公仪休说好，当即命人取出钱来，付给子男，将鱼买下。子男不肯收钱，公仪休故意将脸一绷，子男只得谢恩离去。

后来，又有好多人给公仪休送鱼，却都被公仪休婉言拒绝了。公仪休身边的人很是纳闷，忍不住问："大人素来喜爱鱼，连做梦都为鱼担心，可为何别人送鱼大人却一概不收呢？"公仪休一笑，道："正因为喜欢鱼，所以更不能接受别人的馈赠。我现在身居宰相之位，拿了人家的东西就要受人牵制，万一因此触犯刑律，必将难逃丢官之厄运，甚至会有性命之忧。我喜欢鱼现在还有钱去买，若因此失去官位，纵是爱鱼如命怕也不会有人送鱼，也更不会有钱去买了。所以，虽然我拒绝了，但没有免官丢命之虞，又可以自由购买我喜欢的鱼。这不比那样更好吗？"众人不禁暗暗敬佩。

先生点评

　　洁身自好，不但能够为你年轻的生命带来安稳的生活，让自己在人生的旅途中处处顺心，在紧要关头化险为夷，而且能培养高尚的品质。

杨震"四知"

东汉人杨震，从小接受父亲教诲，少年时便聪明好学，后拜名儒桓郁为师，学习儒家经典。几年之后，杨震通晓经传，博览群书，成为一个大学问家。

弱冠之后，杨震拒绝了许多大官的征辟，一心秉承父亲遗愿，设馆授徒。杨震坚持有教无类，且学问博大精深，因此远近钦慕，四方求学之士络绎不绝，学生多达3000余人，被人尊称为"关西夫子"。

30多年间，杨震一直以正直清白教诲学生。做官之后，杨震同样以正直清白自守。他始终以"清白吏"为座右铭，严格要求自己恪尽职守，不私受贿赂，一切事情都秉公办理。

一次赴任途中在经过昌邑时，杨震得知昌邑县县令是王密。当初在荆州时，王密因为杨震的举荐而得到重视。如今经过故人管辖之地，杨震决定前往拜访一下。两人见面，自然是一番寒暄叙旧。等到了晚上，王密怀揣着十斤黄金来到杨震住所，想要杨震给他打通关系。杨震遗憾地说："我了解你，你却不了解我，这是为什么呢？"

王密说："您不必担心，送金这件事在夜间是没有人知道的。"杨震回答说："这件事情，上天知道，神明知道，我知道，你知道，怎么说没有人知道呢！"王密听后非常惭愧，便带着金子回去了。

杨震为官，从不牟取私利。他的子孙们也与平民百姓一样，蔬食步行，生活十分简朴。曾有亲友劝杨震为子孙后代置办些产业，杨震坚决不肯，他说："让后世人都称他们为'清白吏'的子孙，这样的遗产，难道不丰厚吗！"

先生点评

古语有云：正心，修身，齐家，治国，平天下。廉洁修身，乃齐家之始，治国之源，平天下之基。

中国自古以来便是礼仪之邦，一个道德之国。无论是孔子还是孟子，无论是屈原还是范仲淹，廉洁之风，修身之气，贯穿始终。当今世界，物欲横流，廉洁修身，有时已被金钱、名声、利欲所淹没。

曳尾涂中

庄子，名周，是战国时期著名的思想家、哲学家、文学家，是道家学派的代表人物。他抨击儒墨的权势观，鄙弃虚情假意，主张顺其自然。庄子曾做过漆园小吏，生活很穷困，却不接受楚威王的重金聘请，他是一位非常廉洁、正直，有相当棱角和锋芒的人。

楚威王仰慕他的才学，想请他来辅佐朝政，多次派使者来请他，都遭到庄子的拒绝。一次，庄子正在濮河上钓鱼，楚王又派两位大夫来请他去做官，他们对庄子说："大王想将国内的事务劳累您啊！"庄子拿着渔竿没有回头看他们，说："我听说楚国有一只神龟，已经死去3000年了，楚王却把它用锦缎包好装在匣子里，藏在庙堂之上。作为一只龟，是死了留下尸骨让人尊敬好呢，还是情愿活着而拖着尾巴在泥沼中爬行好呢？"两个大夫说："还是活着好啊。"于是庄子说："请回吧！我要在烂泥里摇尾巴。"使者无言以对。

庄子不为富贵当"犬马"，坚决不被名利束缚的骨气让我们敬佩。他一生淡泊名利，主张修身养性、清静无为，在他的内心深处充满着对当时世态的悲愤与绝望。从他的哲学有着退隐、不争、率性的表象上，可以看出庄子是一个对现实世界有着强烈爱恨的人。

正因为世道污浊，所以他才退隐；正因为有黄雀在后的经历，所以他才与世无争；正因为人生有太多不自由，所以他才强调率性。与其做官戕害人的自然本性，不如在贫贱生活中自得其乐，这正是庄子独特人格魅力的卓越体现。

先生点评

　　淡泊不是不思进取；不是无所作为；不是没有追求，而是以一颗纯净的心灵对待生活与人生的欲望和诱惑。在顺境中不得意忘形，身处逆境时不妄自菲薄，宠辱不惊，悉由自然。这样就会使你真正地享受人生，在淡泊中充实自己。

第六章

廉洁是一种信仰

廉洁作为一种道德标准，价值取向，始终在社会中占据着主导地位，从古至今，但凡清廉的人都能得到人们的尊重，因为他们常常以身作则，洁身自好，所以才会有天下太平之盛世。

一生清廉的海瑞

被称为"海青天"的海瑞是明代著名的清官，一生居官清廉，刚直不阿。海瑞在担任淳安知县期间，依然像以前做书生时一样，穿布袍、吃粗粮糙米，让老仆人种菜自给。

有一次，总督胡宗宪听说海瑞家一直吃素菜，只有在母亲过生日的时候才买两斤肉，感到十分诧异，就让自己的儿子带了一包银两给海瑞送去。胡宗宪的儿子从小就过着奢华的日子，所以无论走到哪里都保持着公子哥的派头。他来到海瑞家门前，几个仆人忙上前敲门。海瑞出来以后，看到来人如此兴师动众，询问何人到访。仆人赶紧呈上一包东西，告诉他是胡宗宪的儿子来给他送银两了。

海瑞听了，故意装作很怀疑的样子说："过去胡总督按察巡部，命令所路过的地方不要供应太铺张。现在这个人行装丰盛，一定不是胡公的儿子。"打开袋子一看，足有金子数千两。他想也没想，就命人收入县库中，并派人乘马报告胡宗宪，银子已经放入库中。

嘉靖末期，海瑞任户部主事。嘉靖皇帝宠信方士陶仲文等人，一心祈求长生不死之术，朝政因此荒废，而总督、巡抚等封疆大吏则一心讨好皇帝，费尽心思向朝廷贡献有祥瑞征兆的物品。为了阻止这种颓靡的景象，大臣杨最、杨爵率先上书劝谏，但都因此获罪，自此再无朝官言及此事。嘉靖四十五年（1566年）二月，无所畏惧的海瑞独自上疏，历数嘉靖皇帝所犯下的重大错误。

嘉靖皇帝读了海瑞的上疏，怒不可遏，将奏折扔在地上，对左右说："给我把海瑞抓起来，不要让他跑了。"宦官黄锦在旁边说："这个人向来有傻名。听说他上疏之前，知道自己是以死冒犯陛下，因此预先买好了一副棺材，并遣散仆童，将妻儿托付给他人。现在海瑞正在朝廷听候治罪，他是不会逃跑的。"嘉靖皇帝听后默然不语，过了一会儿，嘉靖又拿起海瑞的奏折读了起来，一天里反复读了多次，并叹道：

"此人可以和比干相比，但朕不是商纣王。"

海瑞曾先后任南京吏部右侍郎、南京右都御史，力主严惩贪官污吏，禁止徇私受贿。后来在南京病死。海瑞去世时，因为他没有子嗣，所以南京都察院佥都御史王用汲去操办海瑞后事。王用汲来到海瑞家里，看见只有用粗布制成的帏帐和破烂的竹器，即便是一些贫寒的文人也不愿使用这些东西，不禁哭了起来，之后凑钱为海瑞办理丧事。

海瑞的死讯传出，南京百姓如失亲人，悲痛万分。当他的灵柩从南京水路运回故乡时，长江两岸站满了穿着孝服送行的人，祭奠哭拜的人百里不绝，很多百姓甚至制作他的遗像，供在家里。

先生点评

这个世界有太多的诱惑，人心也有太多的欲望，面对外界的诱惑和内心的欲望，能始终做到公正廉洁、洁身自好是十分不易的。海瑞的正直和洁身自好，博得了老百姓的爱戴，并因此赢得了"海青天"的美誉。

羊续悬鱼

羊续，字兴祖，是东汉时期太山平阳人。羊续为官清廉节俭，经常身着破旧的衣服，所乘车马也非常简陋。羊续出任南阳太守时，当地的权势富豪人家都崇尚奢侈华丽，羊续对此感到非常厌恶。

羊续到南阳郡上任不久，他属下一位府丞给羊续送来一条当地有名的特产——白河鲤鱼。羊续拒收，推让再三，这位府丞执意要太守收下。当这位府丞走后，羊续将这条大鲤鱼挂在屋外的柱子上，风吹日晒，鲜鱼成为鱼干。后来，这位府丞又送来一条更大的白河鲤鱼。羊续把他带到屋外的柱子前，指着柱上悬挂的鱼干说："你上次送的鱼还挂着，已成了鱼干，请你一起都拿回去吧。"这位府丞甚感羞愧，悄悄地把鱼取走了。

此事传开后，南阳郡百姓无不称赞，敬称其为"悬鱼太守"，再也无人敢给羊续送礼了。明朝于谦有感此事曾赋诗曰："剩喜门前无贺客，绝胜厨内有悬鱼。清风一枕南窗下，闲阅床头几卷书。"

羊续赴任后数年未回家乡探亲，有一次，羊续的妻子和儿子羊秘来郡中官邸探望羊续，却被拒之门外。原来，羊续身为一郡之首，但是家无余财，数件破旧的布制衣服以及数斛盐和麦是他的全部财产。羊续对儿子羊秘说："我自己用的东西只有这些，用什么来养活你和你的母亲呢？"于是将这母子二人送走了。

后来，羊续被征召为太常，但羊续尚未成行就因病去世，年仅48岁。羊续临终留下遗言，葬礼不得厚费，也不要接受朝廷的赏赐。依照旧制，2000石级的官员去世，朝廷都要赠钱100万以操办丧事，但是府丞遵照羊续的遗嘱，一文钱都没有接受。

先生点评

古人将名利比喻为缰绳和锁链，它们紧紧地将人缚住，使人活得疲惫不堪。曾经有人以纤夫拉船为题写了一首诗："船中人被名利牵，岸上人牵名利船。为名为利终不了，问君辛苦到哪年？"可见世上之人总离不开名利牵绊。羊续直到临死都不接受一文钱，他是一个看淡名利、清廉且伟大的人。

彭泽居官清正

彭泽少年时家境贫寒，从小立志苦学，于明孝宗弘治三年（1490年）考中进士，初授吏部主事，后历官至刑部郎中。后来，为官耿直的彭泽因为得罪权势宦官，被外放为徽州知府。

在徽州知府任上，彭泽因为自己的女儿出嫁，便用自己的俸银做了几十个漆盒当作陪嫁之物，派属吏送老家兰州。彭泽的父亲见后大怒，立刻将彭泽遣人送来的漆盒付之一炬，然后打点行装从千里之外的兰州来到了徽州。

彭泽听说父亲突然来到，不知家中出了什么大事，忙出衙相迎，却见父亲怒容满面，一声不发地站在衙门面前。彭泽见状，也不敢造次发问，见父亲满面风尘，又背负行李，便使眼色让手下府吏去接过行李。彭泽的父亲更是有气，把行李解下，掷到彭泽的脚下，怒声道："我背着它走了几千里地，你就不能背着走几步吗？"彭泽被骂得哑口无言，抬不起头来，只得背着行李把父亲请进府衙。

彭泽父亲进屋后，既不喝茶，也不落座，反而命令彭泽跪在堂下，府中官吏们纷纷上前为知府大人求情，全不济事，彭泽只得跪在父亲面前，却还不知为了何事。彭泽的父亲责骂彭泽："你本是清贫人家子孙，如今做了几天官，就把祖宗家风全忘了，皇上任命你当知府，你不想着怎样使百姓安居乐业，却学着贪官的样子，把宫中财物往自己家搬，长此下去岂不成了祸害百姓的贪官？"彭泽此时方知父亲盛怒是为了何事，却不敢辩解，府中衙吏替他辩白说东西乃是大人用自己俸银所买，并非官家钱物。彭泽的父亲却说："开始时用自己的俸银，俸银不足便会动用官银，现在不过是几十个漆盒，以后就会是几十车金银。向来贪官和盗贼一样，都是从小开始，况且府中官吏也是朝廷中人，并不是你家奴仆，你却派人家跋涉几千里为自己女儿送嫁妆，这也符合道理吗？"彭泽叩头服罪，满府官吏也苦苦求情，彭泽父亲却依然怒气不解，用来时手拄的拐杖又痛打彭泽一顿，然后拾起地上还未解开的行李，径自出府，又步行几千里回老家去了。

彭泽受此痛责，更加廉洁自守。

后来，彭泽历任川陕总督、左都御史、提督三边军务、兵部尚书等要职，皆掌握巨额军费，不要说有心贪污，即便按照常例，也会积累一笔足以令家人享用不尽的财富，但彭泽死后家无余财，只有破屋几间，妻子儿女的衣食都不能自给。

先生点评

人人都有欲望，都想过美满幸福的生活，都希望丰衣足食，这在所难免，但不能把欲望变成不正当的欲求，变成无止境的贪婪。因而，我们要时刻保持清醒的头脑，不断地消除、克制自己内心的各种非道德欲望，努力将自己的品德修养提高到一个尽善尽美的境界。

钟离意辞珠不受

东汉时人钟离意，字子阿，会稽山阴人，年轻时曾在郡中担任督邮一职，贤能有才干。

建武二十五年（49 年），钟离意改任堂邑县令，县里人防广因为替父报仇，被送入监狱，不久之后防广的母亲也因病而死，防广痛哭流涕，食不下咽。钟离意很同情防广的遭遇，便允许防广回家，让他殡殓母亲。县丞及其他属吏都认为此事不妥，钟离意说："如果因此获罪，那么由我一人承担，绝不连累大家。"于是将防广放走，防广殡殓母亲后，果然回来入狱。钟离意向上级说明，防广最终得以减免死罪。

汉章帝即位后，钟离意被征拜为尚书。一次，汉章帝下诏赏赐细绢给投降的胡人后代，负责起草的尚书把细绢数量的十误写为百，汉章帝看到司农呈上的奏折后，大怒，准备杖责尚书郎。钟离意劝谏说："一时失误，在所难免。如果陛下一定要责罚他，那么应当率先责罚我。因为我的职位高，所以责任首先在我。"说罢便脱去衣冠，准备接受杖刑。汉章帝听后，认为钟离意的话在情在理，怒意消退，于是赦免了尚书郎。

钟离意不但为人宅心仁厚，而且清廉自守。交趾太守张恢收受贿赂千金，因此被召回处死。汉章帝把张恢的家产没收充入大司农府，并下令将部分赃款赐予群臣，钟离意把分得的珠宝全部放在地上并且不拜谢皇恩。汉章帝感到奇怪，便询问原因，钟离意回答说："我听说孔子忍住饥渴而不喝盗泉之水；曾参因为里巷的名字是胜母而调转车头，是因为厌恶它的坏名声。这些污秽的珠宝，我不敢接受。"汉章帝叹息说："尚书的话太清廉了！"

先生点评

"从来有名士，不用无名钱。"对于来路不正的财物，即使是价值千金，有操守的人也会视之如粪土，正所谓"所逢苟非义，粪土千万金"。

不受一文之污的张伯行

清朝时期的张伯行以为官清廉而闻名朝野。康熙四十五年（1706年），张伯行升任江苏按察使，当时官场中新上任的官员应当给上司送礼。按照这种惯例，张伯行此次需要花费白银4000两。一向俭朴克己的张伯行从不贪污受贿，更对贪污受贿的行径深恶痛绝，所以张伯行拒绝送礼。不仅如此，上任后的张伯行大力革除地方弊病，整顿吏治，从而得罪了总督和巡抚，因此常常受到排挤。

第二年，康熙帝南巡来到江苏，谕令总督和巡抚向朝廷举荐贤能的官员。康熙帝没有在呈上的举荐名单中看到张伯行，大为恼火，怒斥总督和巡抚："张伯行居官清廉自守，我也素有耳闻，他克己奉公而且办事得力，是一个不可多得的能臣干吏，而你们对他置若罔闻，没有向我举荐他。"说完这番话后，康熙帝又转向张伯行，说："我很了解你，他们不举荐你，那么我来举荐你。将来你要一如既往，不要辜负我对你的信任，让天下人讥笑我不能明辨是非。"康熙帝当即破格擢升张伯行为福建巡抚。

张伯行任福建巡抚期间，为当地百姓做了许多实实在在的好事，最重要的一项就是买粮抚民。张伯行不但没有从中牟取私利，还将自己的俸禄用来赈济一些受害的百姓。在张伯行任职期间，福建百姓再也没有因为灾荒和饥饿而流离失所。

康熙四十八年（1709年），政绩卓著的张伯行奉旨调任江苏巡抚。江苏是富庶的鱼米之乡，而贪腐之风早已盛行，张伯行知道此去定有一番艰难的斗争。赴任后，张伯行立即发布檄文——《禁止馈送檄》，文中写道："一丝一粒，我之名节；一厘一铢，尽民脂膏。宽一分，民即受一分之赐；要一文，身即受一文之污。"张伯行以此明志，坚决同腐败斗争到底。当地许多官员为了升迁，任意加重赋税，百姓不堪其苦。张伯行果断地废除了许多苛捐杂税。

因为和总督的矛盾很深，张伯行一直备受压制，在康熙四十九年（1710年），张伯行告病还乡，但是爱惜人才的康熙帝没有批准。

"公则生明，廉则生威。"张伯行历官20多年，清廉刚正，为世人所敬重。

先生点评

廉洁作为一种道德标准，价值取向，始终在社会中占据着主导地位，从古至今，但凡清廉的人都能得到人们的尊重，因为他们常常以身作则，洁身自好，所以才会有天下太平之盛世。

一钱太守刘宠

东汉时人刘宠，字祖荣，东莱郡牟平县人，因为精通经学而被举荐为孝廉，担任东平陵县令。刘宠仁爱宽厚，为政宽厚，因此得到当地百姓的爱戴。后来刘母身染疾病，刘宠弃官回家照顾母亲。百姓知道刘宠要离开，纷纷前来相送，因为送行人数众多，道路被堵塞，车子无法前进，刘宠只好穿着便服悄悄地离开。

后来，刘宠升迁担任会稽太守。山里的老百姓朴实拘谨，有的竟然到老都没有进过集市城镇，从前，他们往往被官吏欺诈。刘宠担任郡守之后，废除了许多烦琐苛刻的规章制度，并严令禁止部属扰烦百姓。

不久之后，郡中风气得到很大改善。因为政绩卓著，刘宠被征召为将作大匠（掌管宫室修建之官）。刘宠离任之时，山阴县有五六个须发皆白的老翁，每个人手里都捧着 100 钱，以表达对这位父母官的谢意。刘宠安慰他们说："各位长者何苦要这么做呢？"

老翁们回答说："山谷里无知识的人，以前从来没有见过郡守。别的太守在任时，经常派遣官吏到山谷民间搜求财物，白天黑夜不断，有时狗通宵狂吠不止，百姓不得安宁。自从您到任以来，百姓再也看不到官吏来扰乱民间。我们活到这把年纪，难得碰到这样的太平盛世，现在听说您要离我们而去，因此乡民们委托我们前来送别，并送上这些钱，以表示我们的心意。"

刘宠一向清廉自守，本不愿收下这些钱，但又不忍拂逆乡民们的一片心意，于是从每人手中挑了一枚钱。

告别老翁，待出了山阴县界，刘宠把钱投入江里。后人传说，这段江水自从刘宠投钱后，变得更加清澈，于是把这一段江取名为"钱清江"，并在岸边盖了一座"一钱亭"，还在绍兴盖了"一钱太守刘宠庙"，以此来纪念这位清廉仁厚的太守。

刘宠前后多次担任郡太守，多次任卿相等要官，但清廉朴素，除去日常用度，家里没有余财。

先生点评

"但得官清吏不横，便是村中歌舞时"，对于老百姓来说，最好的环境莫过于地方官吏清廉。为官者，只有大公无私，不为私利私欲所蒙蔽，才能全心全意地为社会服务。不牟取私利，才能让人们信服，才能公正地行使自己手中的权力。

清廉的胡质、胡威父子

三国时期，魏国人胡质担任州郡长官近3年，廉洁奉公，死后家无余财，只有朝廷赏赐的衣服和数箱书籍而已。对胡质的廉洁操守，百姓称道。陈寿在《三国志》中评价胡质"素业贞粹，掌统方任，垂称著绩。可谓国之良臣，时之彦士矣"。

胡质正直清廉，素来为人敬重。张辽是魏国重臣，曾经与护军武周发生摩擦。张辽素闻胡质贤明，欲与之结交，但是胡质都以身体有病为由而拒绝。一次，张辽见到胡质，问："我诚心想和你交好，为何先生态度如此冷淡？"胡质回答说："古时候的人结交朋友，取多知其不贪，奔北知其不怯，闻流言而不信，所以才能长久相交。武周身为雅士，以前将军交口称赞，为什么现在却因为一点睚眦之怨而不能见容呢？况且我胡质才识浅薄，怎么能保证友情长在呢？因此不敢与你交往。"张辽听了胡质的话，很有感触，于是主动和武周言好。

胡质在担任荆州刺史期间，其家眷都在京都。一次，胡质的儿子胡威来荆州看望父亲，同父亲一样，胡威清廉俭朴，因为家里拮据，没有车马奴仆，所以自己赶驴前往荆州。在父亲住所小住几日之后，胡威准备返回京城。在与父亲分别时，胡质给他一匹绢，让他在路上做盘缠之用。胡威当即跪在父亲面前，问道："父亲为官一向清正，不知道这匹绢是从哪里来的？"胡质说："儿子你不必怀疑，这匹绢是我从俸禄中省下的。"胡威这才谢过父亲，赶着驴子上路。

一路上，胡威都是自己料理生活，没有任何浪费的举动。当时，胡质属下的一位都督，与胡威素昧平生。他得知胡威要回家，于是请假回家，暗中准备了盘缠，在百余里外的路上等着胡威。两人一路做伴，在胡威遇到问题的时候，这位都督总是主动提供帮助。两人同行几十里路后，胡威便产生了怀疑，于是私下里问他，这位都督方才以实情相告。胡威便拿出父亲赠送的那匹绢送给他以做答谢，并打发他回去了。

后来，胡威将此事告诉了父亲胡质，胡质当即将那位都督杖责100下，并罢免了他的官职。胡质胡威父子如此清廉，为世人所敬重。一次，晋武帝召见胡威，感叹他父亲的清廉俭朴，于是问道："你与你父亲哪个更清廉？"胡威回答说："我不如我父亲清廉。"晋武帝又问："为什么说你不如你的父亲？"胡威回答说："我的父亲清廉而不愿意让别人知道，我清廉而唯恐别人不知道，就这点来说，我远远赶不上父亲。"

先生点评

《小窗幽记》中说道："真廉无廉名，立名者，所以为贪。"真正的廉洁是扬弃廉洁的名声，为了博得廉洁名声而苦心经营的人并非真正的廉洁，最起码他们还贪图名声。胡威厉行节俭清廉作风，虽为求清廉之名，但也不失为一种美德，然而较之乃父胡质，自然逊色不少。

子文逃富

斗子文，斗氏，名谷於菟，字子文，是春秋时期楚国有名的令尹（相当于宰相）。

斗子文位高权重，但是为官清正，从不徇私枉法。斗子文的堂弟仗着堂哥一人之下、万人之上，行事肆无忌惮。一次，他在街市上与人纠缠不清，之后被官吏抓入衙门。原因是他不但买东西不给钱，还恃强凌弱，将卖主打翻在地。在衙门里，其态度仍然是嚣张蛮横，告诉负责案件的廷理，说自己是令尹子文的堂弟。廷理听后，为了巴结斗子文，便将其释放。然后去斗子文家述功，岂料被斗子文痛斥一番，并命令他重新抓捕被他释放的人。尽管堂弟的母亲一直跟着苦苦哀求，但是斗子文仍然不为所动，要求一切依法办事。

楚成王听到这件事情之后，连鞋也顾不上穿，光着脚便去了斗子文家。楚成王见到斗子文，和颜悦色地说道："我找了个徇私枉法的人当廷理，惹你生气了，因此特地前来向你道歉。"楚成王回到朝廷后，立即下令罢免了那个廷理，并任命斗子文兼任廷理之职。

斗子文为了使国家强大，从不计较私利。他曾向楚成王建议道："自古以来，国家产生祸乱，都是君弱臣强的缘故。为了防止这类事情在楚国出现，建议朝廷向百官征收一半田邑收入。"楚成王采纳了斗子文的建议，谕令百官执行，斗子文躬先示范，穿着布衣上朝。然后他又先要本家斗氏族执行，其他百官也就不敢不服从了。

斗子文上忠朝廷，下恤百姓，清廉节俭，不敢妄取一丝一毫。虽然身为令尹，但是家中积蓄竟然不能够维持一日的日常生活用度。楚成王听说斗子文几乎是上顿不接下顿，因此每逢朝见时就预备一束干肉，一筐干粮，用来送给子文。而这一行为，在以后很长一段时间内，成了国君对待令尹的常例。楚成王每次给斗子文增加俸禄，斗子文总是要逃避，直到楚成王停止给他增加俸禄，他才返回朝廷任职。有人对此感到奇怪，便问斗子文："人活着就是图个富贵，你却对它避而远之，这是为什么呢？"斗子文回答说："从政当官之人，应当以庇护百姓为职责，百姓的财物空了，而我却得到了富贵，这是使百姓劳苦来增加我自己的财富，那么我离死亡也就不远了。我所做的行为并不是在逃避富贵，而是在逃避死亡。"

楚国在斗子文的辅佐下，不仅财力日渐增强，而且楚国的军事实力在斗子文选贤任能的精心治理下日渐强盛。斗子文担任令尹40年，使楚国得到大治，为后人所推崇。

先生点评

官做到一人之下，万人之上，权倾朝野，拿他应得的俸禄，谁都不会有意见。但子文却能够心里装着百姓，心甘情愿地捐出自己的俸禄，与人民同甘苦，这种精神天下可表。

吴隐之酌贪泉而觉爽

"初唐四杰"之一的王勃，其名作《滕王阁序》中有"酌贪泉而觉爽"一句，说的是东晋清官吴隐之的故事。

据说，在广州北郊 30 里的石门镇有一个名为"贪泉"的地方。传说，若有人饮此泉水，便会变得贪得无厌，因此才有了这样一个名称。

在西晋时，朝廷派往广州的几任官员，后来又都因故撤职，原因就是贪污受贿，人们传说这是他们喝了泉水的缘故。

后来，东晋朝廷派去一位廉洁的名吏吴隐之任广州刺史，到任之日，他领随从来到贪泉边，对僚属们说："不见可欲，使心不乱，越岭丧清，吾知之矣。"说毕，拿起水瓢，酌而饮之，并赋诗一首："古人云此水，一歃怀千金。试使夷齐饮，终当不易心。"

吴隐之用实际品行证实了自己当初的誓言，他在广州任职多年，廉洁奉公，一尘不染。吴隐之在广州多年，离任返乡时，随身的物品仍然是当初来时的简单行装。唯有妻子买的一斤沉香，不是原来的物件，吴隐之认为来路不明，立即夺过来丢到水里。

由于吴隐之卓著的政绩，被擢升为度支尚书、太常等职。但是身居高位的吴隐之仍然不减清廉作风，所住房屋只有茅屋 6 间，篱笆围院。刘裕赐给他牛车，并为他盖一座宅院，但都被吴隐之坚决推辞掉了。吴隐之家庭日常生计由妻子纺织维持，其所得俸禄，妻子不沾一分，除了留下家人的口粮，其余的则全部用来接济穷人。

吴隐之一生清廉如此，即便是自己女儿出嫁也未曾有任何铺张。早在吴隐之去广州任职之前，他在大将军谢石门下做主簿，他的女儿就是在这时候出嫁的。

吴隐之的女儿出嫁之日，素来对吴隐之较为关心的谢石料定，一向俭朴的吴隐之必定会从简操办。于是命令下人带着操办喜事所需的各种物品去帮忙。情况果然如谢石所料，吴隐之的家里冷冷静静，没有半点操办喜事的气氛，唯见婢女牵了一只狗要去市上卖。上前一问才知道，原来吴隐之要靠卖狗所得的钱用来做女儿的嫁资！

吴隐之用酌饮贪泉和清廉如水的操守证明，喝贪泉之水就会变得贪婪根本就是无稽之谈，其他官员变得贪婪是因为他们内心的坚持敌不过环境的诱惑，并非"贪泉"所致。

先生点评

真正的清廉之士，会始终坚持自己的品行操守和价值取向，绝不会因为自身地位的改变或者环境的变化而有所改变。

第七章

俭以养德，是成功者的信条

　　一个不懂得节俭的人是不会成功的，因为任何成功的事业都在于点滴的积累，过分的骄奢还会败坏一个人的品质。俭以养德，是为人做事的良训，更是成功者的信条。

唐太宗发扬节俭之风

唐太宗李世民是唐朝第二位皇帝，他名字的意思是"济世安民"。唐太宗开创了历史上的"贞观之治"，经过消灭各地割据势力、虚心纳谏、在国内厉行节约、使百姓休养生息，终于使社会出现了国泰民安的局面，为后来的开元盛世奠定了重要的基础，将中国传统农业社会推向鼎盛时期。

在提倡节俭方面，唐太宗为群臣作出了表率。他最初住的宫殿是隋朝时修建的，都很破旧。唐太宗经常对身边的大臣说："当初隋炀帝掌权时，皇宫里面珠宝遍地，美女如云，可是隋炀帝还不满足，还要搜寻天下的奇珍异宝，弄得百姓不得安宁，最后才导致国家的灭亡。这些不能在我们唐朝君臣身上重演，我们一定要时时注意节俭，知道满足，否则，百姓苦到无法生活的那一天，就会反对我们的。"

唐太宗是这样想的、说的，也是这样做的。有一次，唐太宗要到蒲州视察，蒲州刺史赵元楷认为这是讨好皇帝的好机会，于是在唐太宗到蒲州之前大规模地翻造房屋，建宫修殿，并且大量搜集奇珍异宝，作为室内的陈设，想用这种办法来讨唐太宗的欢心。哪想到，唐太宗到达蒲州后，见宫殿修得过于奢华，殿中珍玩过于讲究，非但没有领情，反而十分生气。他当即把赵元楷叫到自己跟前，指着宫中一件件奇珍异宝说："你这么奢侈浪费，是不是忘了隋朝是怎么灭亡的？"就这样，一心想溜须拍马、讨好君主的赵元楷，在唐太宗面前，讨了个没趣，碰了一鼻子灰。

唐太宗还十分重视对子孙后代进行俭朴教育。贞观七年（633年），唐太宗对魏徵说，自古以来各个朝代的王侯，能保全自己和江山的很少，都是由于贪图奢华，骄奢淫逸，不知道亲贤人远小人而产生的后果。他希望自己的子孙后代，都要记住历史的教训，并作为日常行为规范。他命令魏徵把历史上帝王子弟善恶成败的事例编辑成书，送给各位皇子学习，要求他们将书中的经验教训作为立身之本。

先生点评

一个沉溺于奢华享受的人是很难有所作为的，当一个人把精力放在吃穿用度上，想的全是如何过奢靡的生活时，就很容易"玩物丧志"。在这方面，唐太宗给我们作出了良好的示范。

苏东坡"俭诚"

苏轼是北宋著名的政治家、文学家和书画家，号东坡居士。他的诗词作品自问世后，就被一代代传诵，比如"但愿人长久，千里共婵娟"，"不识庐山真面目，只缘身在此山中"等。此外，他在书画方面也颇有建树。这样一个才华横溢的人，在生活上却很节俭。

由于政治上的原因，苏轼被贬官到偏远地区。他给自己立下了一个规定：每顿饭只能一个菜，如有客人来，也只能增加两个菜，不能再多。如果朋友请客吃饭，他也要事先告诉别人不许铺张，否则就不去。

有一次，一位与苏轼多年不见的老朋友偶然见到他，十分高兴，于是邀请苏轼去吃饭。苏轼告诉他，千万不可太铺张，大家都是老朋友，在一起边吃些简餐边叙旧就够了。

可苏轼去了那人家里，发现满桌子都是山珍海味，于是很不客气地说："看来老兄并不真正了解我，我一贯主张节约，你的酒席备得这样丰盛，看来根本不是接待我的，我还是告辞。"说完就转身告退。

老友急忙解释说："今天是个例外，一来你我偶然重逢，应该好好庆贺一番；二来如果我安排得太寒酸，也对你的朝廷命官的身份不尊重啊。"

苏轼回答说："朋友相聚，就应该彼此随便。再说我在朝为官，并不意味着可以铺张，相反，官位越高越应该节俭自律！"

苏轼的父亲是著名的学士苏洵，弟弟苏辙也是朝廷的官员，但在这样显赫的家族中他生活异常低调。苏轼不但自己注意俭朴，也经常劝诫自己的亲人要生活简朴。他有个正在做高官的远亲，生活非常奢华，单是起居时的"小洗面"，就要有两个人专门伺候；若是"大洗面"，伺候的要增到5个人；如果是"大澡浴"呢，就要有9个人服侍，并且"澡浴"以后还要用名贵药膏擦身，用异香熏烤衣服。

有一次，这位远亲写信给苏轼不厌其烦地夸耀自己的"养身之道"。苏轼看后，回信时只简单地写了一个字："俭。"他希望这位远亲在一个"俭"字面前能够自省，改掉奢华的恶习。

先生点评

诸葛亮在《诫子篇》中曾说过："静以修身，俭以养德。"一个人必须首先要懂得勤俭，学会控制自己的不当欲望，才能德行高贵，名声优良。

勤俭明志的范仲淹

北宋名臣范仲淹是一位杰出的政治家、文学家，他勤俭明志的故事一直在民间广为流传。

范仲淹从小读书就十分勤奋刻苦。为了做到心无旁骛、一心专注于读书，范仲淹到附近长白山上的醴泉寺寄宿苦读。

范仲淹家境并不是很差，但为了勤奋治学，他勤俭以明志。他每天煮好一锅粥，等凉了以后把这锅粥划成若干块，然后把咸菜切成碎末，以咸菜碎末就着粥块度日。这种勤俭而刻苦的治学生活他差不多持续了 3 年。

大中祥符四年（1011 年），23 岁的范仲淹来到睢阳应天府书院（今河南睢阳）。应天府书院是宋代著名的四大书院之一，藏书几千卷。在这里范仲淹如鱼得水，以一贯的勤俭刻苦作风向学问的更高峰攀登。

一天，范仲淹正在吃饭，同窗好友过来拜访，发现他的饮食条件很差，就让人送了些美味佳肴过来。过了几天，这位朋友又来拜访范仲淹，他非常吃惊地发现，上次送来的鸡鸭鱼肉都发霉了，范仲淹却连筷子都没动一下。朋友有些不高兴地说："希文兄（范仲淹的字，古人称字，不称名，以示尊重），你也太清高了，一点儿吃的东西你都不肯接受，岂不让朋友太伤心了！"范仲淹笑着解释说："老兄误解了，我不是不吃，而是不敢吃。我担心自己吃了鱼肉之后，咽不下去粥和咸菜，不能安心读书。你的好意我心领了，你可千万别生气。"朋友听了范仲淹的话，心中肃然起敬。

范仲淹就是一个这样勤俭的人，正是凭借着这样的精神，他才能专注于自己的学术研究，从而取得辉煌的成就。

先生点评

"由俭入奢易，由奢入俭难"，一旦养成了奢侈的生活习惯再想返璞归真，就是难上加难。范仲淹深深懂得其中的道理，因而拒绝了朋友的资助。在生活中，我们要学会控制自己的欲望，拒绝诱惑，这样才能作出一番事业来。

石崇奢华惹来杀身之祸

王恺字君夫，晋代东海郡郯（今山东郯城）人，名儒王肃之子，是晋武帝司马炎的母舅，官至龙骧将军、骁骑将军、散骑长侍，生活极其奢侈，曾得武帝之助，与石崇斗富。

王恺为了炫富，在饭后用糖水洗锅，而石崇则点蜡烛烧饭；王恺做了四十里的紫丝布步障，石崇便做五十里的锦步障。尽管晋武帝在暗中对王恺多有帮助，但王恺总是落在下风。

一次，晋武帝赐给王恺一棵近二尺高的珊瑚树，枝条繁茂，堪称稀世珍宝。得到宝贝的王恺想要凭此扳回一局，他跑到石崇家向其展示了自己的宝贝，没想到石崇看后，便用手中的铁如意将珊瑚树击碎。王恺感到惋惜而又愤怒，认为石崇这是在嫉妒自己的宝贝，石崇却说："这不值得发怒，我赔给你就是。"他于是命下人把家里的珊瑚树全部拿出来，这些珊瑚树当中，高达三尺四尺的有数棵，而像王恺那样的则更多。王恺看后，感到很是失意。

石崇不但跟王恺斗富，甚至跟皇帝也较劲。据《耕桑偶记》记载：外国向晋武帝进贡火浣布，晋武帝制成衣衫，穿上后就去了石崇家。石崇故意穿着平常的衣服，却让家里的五十个下人身着火浣衫迎接晋武帝。

晋武帝死后，史上有名的"白痴皇帝"司马衷即位，不久便爆发了"八王之乱"。在乱战中，石崇因为财富太多被赵王司马伦派兵杀死。

先生点评

一个节俭的人懂得珍惜所得的来之不易，自然也懂得珍惜他人的所得，能为他人节约。这样的人才是最受欢迎的。而太过大手大脚，炫耀自己的富有往往会给自己带来灾难。勤俭节约是我们中华民族的传统美德，也是一个人道德高尚的具体表现。

节俭为国的季文子

　　季文子是春秋时期鲁国重臣，他是当时执掌鲁国大权的三家大夫之一——季孙氏的杰出人物，手里握着大半个鲁国，权重位高。但是他行为谨慎，讲求节俭，生活上从不浮夸奢侈。他不准妻子花钱打扮，连衣服都不许穿丝帛料子的，只能穿自家织的粗布衣裳；家里驾车的那几匹马，只喂草料，一点也不许加粮食。

　　鲁国的另一家执政大夫孟叔氏，有个贵公子，叫子服宅。年轻人爱奢华，不像父辈那么节俭，对自己这位伯父季文子的行为颇不以为然，终于有一天按捺不住，耻笑道："先生贵为上卿，是我国的两朝老臣，可如今妾不衣帛，马不食粟，吃穿如此寒酸，你就不怕有损咱们国家的声威呀？"

　　"我也喜欢豪华漂亮，我也懂得奢侈享受，"季文子说，"可是，我看见国中百姓，不少人还吃糠咽菜，破衣烂衫，我因此不敢放纵自己。百姓食不果腹，衣不遮体，我却打扮妻妾，拿粮食喂马，这哪是国家重臣做的事？"最后，他掷地有声地说："我听说为国争光靠的是伦理道德、国富民强，没听说用妻妾车马来为国增光的。"

　　事后，季文子又把这件事透露给子服宅的父亲孟献子，一向节俭的孟献子怒不可遏，关了儿子七天禁闭。子服宅闭门思过，终于痛改前非，厉行节俭。

先生点评

　　勤俭节约对任何一个人来说都是不应忽视的美德。同时它也是我们中华民族的传统美德，懂得节俭的人往往在日后能够成就大业。不知节制地用钱，万千财富也禁不起豪气的一撒。

周景王铸钟

东周的第十二代天子周景王姬贵在位期间，昏庸无道。他在位时，做了两件不得民心的事情：一件是铸大钱；一件是铸大钟。

他废除了市面上流通的小钱，想重新铸造一种大钱，以此来收缴民间的小钱，搜刮百姓的财产。大夫单穆进谏说："铸大钱不利于流通，必定会对百姓造成伤害。一旦损害了百姓的利益，那么国家就没有办法治理了。"周景王对于单穆的劝诫根本听不进去，大钱铸好后，从百姓那里搜刮来了大量的财富。

同时，他又让人到处搜集好铜，想要铸造两组编钟，然后上下悬挂在一起配合着演奏。单穆又劝周景王说："铸钱已经是劳民伤财了，如果再铸造编钟，对国家的损害会更加严重的。而且铸造编钟，既听不到悦耳的声音，又加重了百姓的负担，必定会使百姓离心，使国家陷于危险之中的。"司乐大夫伶州鸠也劝阻说："编钟的声律强调和谐，政治就像音乐，如果百姓怨恨，那就没有和谐了。"但是周景王仍然一意孤行。

一年后，两组编钟铸成了，一组是无射；一组是大神。那些奉迎拍马之人，都称赞编钟的声音非常动听。伶州鸠却直言不讳地对周景王说："在臣听来编钟的声音一点都不动听；一点也不和谐。我认为无论什么事情，只要是百姓赞成和拥护的，才叫和谐，才能取得成功；如果是百姓反对的，那怎么会是和谐呢，也必定会失败。有句话说得好：众人团结一心，国家就会成为坚固的城堡；众口一词地诋毁，足以把金子熔化。还请大王三思啊！"

周景王依然我行我素，第二年便死于心疾，他的周王朝也随即爆发了长达 5 年之久的内乱。

先 生 点 评

一个不懂得节俭的人是不会成功的，因为任何成功的事业都在于点滴的积累，过分的骄奢还会败坏一个人的品质。俭以养德，是为人做事的良训，更是成功者的信条。

晏子的风范

晏子是春秋时期齐国著名的政治家，虽然他当宰相多年，但生活一直十分节俭。他平常只是穿一件有几个补丁的旧袍子，补丁的颜色与袍子的颜色也极不协调，看上去十分刺眼。有人问他："您身为宰相，衣服这么破了，为什么不换一件新的呢？"晏子笑着回答说："衣服是为了挡风御寒的，何必穿得那么豪华呢。这件袍子虽然旧了一点，可穿在身上一点也不觉得冷，何必扔掉它呢？那岂不是很可惜吗？"

晏子不但品德高尚，还特别善于治理国家，因此齐景公极为尊重他。晏子住的房屋十分简陋，齐景公知道后想给他建一座新的，于是将这个想法告诉了晏子。

晏子急忙回答说："大王，多谢您对臣子的关心。可是我的祖辈一直在此居住，跟他们相比，我很平庸，没有理由去住豪华的房子。再说我家附近就是市场，买起东西来也比较方便。我在这里居住感到十分的惬意。"

齐景公一听，对这位节俭质朴的臣子愈加尊敬。没过多久，齐景公趁晏子出使晋国的机会，派人将他的那座破旧房屋修建一新。为了改善房子四周的环境，官吏们还强令周围的平民统统搬往别处。晏子从晋国回来，发现自己的旧房子不见了，四周的居民也不见了，他马上明白了其中的原委。

于是他赶紧到宫中去拜见齐景公，并再次陈述自己的想法。紧接着，他便吩咐手下将新房拆掉，恢复原来的模样。同时，他还派人请原先的邻居搬回原来的住处，并挨家挨户地亲自道歉。

回到家之后，晏子再三嘱咐家人："我活着要和这些平民百姓住在一起，跟他们一起生活。死了之后，也要跟他们为伴。"晏子去世时，家人按照他的愿望，将他安葬在自家那简陋的院子里。

先生点评

节俭是人生的导师，也是一个人事业取得成功的重要保证。很多成功人士身上都有一种共同的特质——节俭，很少见一个生活奢侈浪费的人能取得什么成就。你若是想要成为一个成功人士，那么首先要养成节俭的习惯。

勤俭的内阁首辅张居正

万历初年，张居正成为内阁首辅，开始一番雷厉风行的大胆改革。

张居正通过加强对官吏的考核，裁减冗员，节省朝廷的俸禄开支。他还通过各种途径削减朝廷的军费开支：一方面与鞑靼人修好，通贡互市，保持边境安定，减少战争费用；另一方面又大量削减抚赏开支。到万历二年（1574年），北边三镇两年中只花销了万余两，省了100多万两。

这还不够，减少了人头的开支，留下来的官员也得一一节省开支，皇帝也不例外。万历七年（1579年），神宗向户部索要10万金，以备光禄寺御膳之用。张居正上疏说，户部收支已经入不敷出，万一边疆有事，一时难以支付，希望皇帝能节省"一切无益之费"。后来，皇帝听从了他的建议，不仅免除了这10万两银子的开支，连宫中的上元节灯火、花灯费也全部列入非开支名单。在张居正的力争下，皇帝还停止重修慈庆、慈宁二宫及武英殿，节省服御费用。看到皇帝都如此节省，朝廷的官员也不敢懈怠。

张居正自己更不例外。纂修先皇实录，照规矩得吃喝一场，张居正提出反对意见，毕竟一场宴会就得花掉不少银两。张居正对家属也严格要求：儿子回江陵应试，他吩咐儿子自己雇车；父亲生日，他让仆人带着寿礼，骑驴回乡祝寿。万历八年（1580年），次弟张居敬病重，回乡调治，保定巡抚张卤例外发给"勘合"（使用驿站的证明书），张居正立即交还，并附信说要为朝廷执法，就得以身作则。

张居正确实是难得的治国之才，他早在内阁混斗、自己政治生命岌岌可危的时候，写过一偈："愿以深心奉尘刹，不予自身求利益。"

先生点评

古人云，"俭，德之共也；侈，恶之大也。"告诫我们要杜绝奢侈浪费，培养节约的美德。节俭不仅是积累财富的一块基石，也是许多优秀品质的根本。节俭不仅适用于财富的积累，也适用于我们人生当中的每一件事。

宋太祖教女儿勤俭

俗话说："天上神仙府，人间帝王家。"皇帝是一国之主，金银财宝可以任意享用，应该说是人间最富有的。皇帝的女儿是公主，也一定可以打扮得像天仙一般。可是，宋朝的开国皇帝赵匡胤却不一样，他不但自己生活俭朴，反对奢侈，还严格教育子女生活上也讲究俭朴。

有一次，他的女儿魏国长公主，穿着一件翠羽绣饰的华丽短袄去见他。宋太祖见了很不高兴，命令女儿回去后马上脱下，以后再不准穿这样贵重的衣服。

魏国长公主很不理解，噘着嘴巴说："宫里翠羽很多，我是公主，一件短袄只用了一点点，有什么要紧？"

宋太祖严厉地说："正因为你是公主，所以不能享用。你想想，你身为公主，穿了这样华丽的衣服到处炫耀，别人就会仿效。翠羽珍贵，这样一来，全国要浪费多少钱啊！按你现在的地位，生活已经够优越了，你不要身在福中不知福，要十分珍惜才是，怎么可以带头铺张浪费呢？"

公主没办法，只好脱去那件美丽的翠羽短袄，但心里仍然有点想不通。她想，你既然是皇上，又是我父亲，对我要求那么严格，我倒要看看你对自己要求怎么样。于是，她向宋太祖试探性地问："父皇，您做皇帝时间也不短了，进进出出老是坐那一顶旧轿子，也应该用黄金装饰装饰了！"

宋太祖心平气和地对女儿说："我是一国之主，掌握着全国的政权和经济，要把整个皇宫装饰起来也能办到，何况只是一顶轿子！古人说得好，'让一人治理天下，不能让天下人供奉一人'，我不应该这样做。倘若我自己带头奢侈，必然有更多的人学我的样子。到那时，天下的老百姓就会怨恨我，反对我。你说我能带这个头吗？"

公主一边听着，一边琢磨着每一句话，再看看皇宫里的装饰也很朴素，连许多窗帘都是用青布制作的。公主觉得父亲说的话，确实有道理，于是诚心诚意地向父亲叩头谢恩。

先生点评

自古以来，只有勤俭节约致富，却从未有过挥霍家财创富的先例。挥霍无度只会败坏家产，坐吃山空最终受苦受穷的人只会是自己。一个人修身养性需要勤俭节约，一个国家富强进步同样也需要勤俭节约。

入地的"司马"

司马光是北宋著名的政治家、史学家，他的《资治通鉴》被认为是中国人必读的历史经典。司马光其人也值得后人学习，他曾经专门写了一篇文章《训俭示康》，其中以"由俭入奢易，由奢入俭难"告诫儿子厉行节俭。

仁宗皇帝临终前曾留下遗诏，要赏赐司马光等大臣一批金银财宝。司马光领衔上书，陈述国家穷困，不愿受赏，但几次都未被批准，最后他将赏赐自己的财宝交给谏院，充作公费。

司马光在洛阳任职时，曾买地修筑了一所集居住、读书、游览为一体的"独乐园"。那里环境幽雅，他非常满意，但当皇帝的使臣到这所宅院向他问政时，不禁为这低矮的瓦房、简单的陈设惊讶不已，他不能相信名扬天下的"司马相公"会住这样简陋的房屋！

"独乐园"中房间低矮，空间狭小，夏天闷热难耐，影响著书；冬天又舍不得生火炉，拜访的客人都冷得受不了。为解决这个问题，司马光想出了一个好办法——在房间里挖了一个大深坑，修成一间冬暖夏凉的"地下室"。那些比司马光品级低、俸禄少的官员府邸的房间都是越盖越高，以至于欧阳修作诗讽刺曰"主人起楼何太高，欲夸富力压群豪"，而司马光却在挖地窖。民间因此有了"王家钻天，司马入地"的谚语。司马光在给儿子的训书《训俭示康》中这样表白："众人皆以奢靡为荣，吾心独以俭素为美。人皆嗤吾固陋，吾不以为病。"

司马光的妻子死后，家里没有钱办丧事。儿子司马康主张借些钱，把丧事办得排场一点，司马光不同意，最后把自己的一块地典当出去，才草草办了丧事。司马光一生清廉简朴，他不喜华靡的美德就连政敌王安石也很钦佩。

先生点评

勤俭是一种美德，还可以让人避免因为贪心而招来祸患。任何事物都是来之不易的，如果轻易浪费，则是在糟蹋他人的劳动成果，是一种对他人不尊重的行为；勤俭节约，则会让他人对你生出崇敬之情。

荀息劝晋灵公

在春秋时期的晋国，晋灵公即位不久，便大兴土木，修筑宫室楼台，以供自己和嫔妃们享乐游玩。那一年，他竟挖空心思，想要建造一个九层的楼台。可以想见，在当时那种科学水平、建筑材料、建筑技术等条件下，如此宏大复杂的工程，要耗费多少人力物力？可灵公不顾一切，征用了大量民夫，花费了巨额钱财，持续了几年也没能完工。全国上上下下，无不怨声载道，但都敢怒而不敢言，因为晋灵公明令宣布："有哪个敢提批评意见、劝阻修造九层之台的，处死不赦！"谁愿意去送死呢？

一天，大夫荀息求见。灵公料他是来劝谏的，便拉开弓，搭上箭，想到只要荀息开口劝说，就要射死荀息。谁知荀息进来后，像是没看见他这架势一样，非常地轻松自然，笑嘻嘻地对灵公说："我今天特地来表演一套绝技给您看，让主公开开眼界，散散心。国君感兴趣吗？"灵公一看有玩的，就精神了，忙问："什么绝技？别卖关子了，快表演给我看看。"

荀息见灵公上钩了，便说："我可以把12个棋子一个个叠起来以后，再在上面加放9个鸡蛋。不信，请看。"说着，便真地玩起来。他一个一个地把12个棋子叠好后，再往上加鸡蛋时，旁边的人都非常紧张地看着他。灵公禁不住大声说："这太危险了！这太危险了！"荀息一听灵公这样说，便趁机进言，说："大王，别少见多怪了，还有比这更危险的呢！"

灵公觉得奇怪，因为对他来说，这样子已经是够刺激、够危险的了，还会有什么更惊险的绝招呢？便迫不及待地说："是吗？快让我看看！"

这时，只听荀息说道："九层之台造了3年，还没有完工。3年来，男人不能在田里耕种，女人不能在家里纺织，都在这里搬木头，运石块。国库的金子也快花完了，兵士得不到给养，武器没有金属铸造，邻国正在计划乘机侵略我们。这样下去，国家很快就会灭亡。到那时，大王您将怎么办呢？这难道不比垒鸡蛋更危险吗？"

灵公一听，猛然醒悟，意识到了自己干得多么荒唐，犯了多么严重的错误，便立即下令，停止筑台。

先生点评

"历览前贤国与家，成由勤俭败由奢。"这是唐代诗人李商隐在感慨唐朝由盛世走向衰败的历史教训时写下的诗句。"奢靡误国"这是流传至今的至理名言。对于国家来说，奢靡会误国，同样的道理，奢靡也会误人，因而，我们必须要控制自己的贪念，不要让不正当的欲望毁了自己。

烧饼尚书刘晏

唐代宗大历年间，上元佳节，皇帝照例要在武德殿接受百官朝拜祝贺。

离皇帝升殿时间尚早，官员们三三两两地站在两边朝房内等候、闲扯。户部尚书兼领度支、转运、盐铁、铸钱、租庸等使的刘晏来了，大家惊讶地发现，身居三品、把握天下财政大权的刘晏，竟然穿得十分简朴。天气寒冷，百官们一个个裘皮裹身，他却是官袍下面一件粗布缝制的棉袍，也不带随从，步行来到朝房。更令人可笑的是，堂堂三品大员的刘晏，手中还攥着两个热气腾腾的烧饼，边吃边点头向同僚们打招呼。

刘晏生活十分节俭，待人却很慷慨。他厚待下人，对穷朋友也常常不惜钱财予以周济。他任京兆尹那几年，天下许多名士来长安求仕途，凡穷困的，几乎都受过他的馈赠。不过，刘晏对人施惠并不随便，如果对方坚拒，他就不勉强赠与，十分尊重对方。有一次，他到一个好友家中，见对方卧室门帘破旧，于是暗暗量下尺寸，回去后命家人用竹片织成一张新帘，想送给这个好友。但又见好友书生意气，清高自负，怕伤了他的自尊心，3次送来，又3次悄悄地拿了回去。

先生点评

节俭是永不过时的美德。即使现如今的生活条件和经济水平有了很大的提高，但是，节俭永不过时。在生活中，我们要学会培养自己节俭的习惯，这有助于我们未来的人生之路。

第八章

勿以善小而不为

善是一种潜在的力量，发现这种力量并以它来影响众人，便能成为一个具备美德的人。有善心的人必有高尚的人格，他们对自己有着更高的期许和要求，更愿意以积极心态去面对世间的一切坎坷崎岖，在他们身上，我们能看到更多乐观的人生和无限的希望。

刘秀征服人心

刘秀为南阳蔡阳（今湖北枣阳）人。后汉王朝（也俗称东汉）开国皇帝。新莽末年，海内分崩，天下大乱，身为一介布衣却有前朝皇族血统的刘秀与兄在家乡乘势起兵，并在昆阳之战中一举歼灭了新莽王朝的主力。

建武元年（25年），刘秀与绿林军公开决裂，在河北登基称帝，建立了后汉王朝。经过长达20余年之久的统一战争，刘秀先后平灭了更始、建世和陇、蜀等诸多割据政权，使得自新莽末年以来，纷争战乱的中国大地再次归于一统。

建武三年（27年），刘秀亲率大军前往宜阳，截断了赤眉军的退路。赤眉军的小皇帝刘盆子惊惧万分，他说："我们虽有十万大军，却早已是惊弓之鸟，无力再战了。"大臣们也说："我们投降，只怕刘秀不肯放过我们啊！"无奈刘盆子派刘恭去谈判。

刘秀召见刘恭，不仅答应了他们的投降请求。刘秀又下令赐给他们食物，让长期饥饿不堪的10万赤眉军将士吃饱了肚子。

刘秀还安抚刘盆子说："你们虽有大罪，却有三善：你们攻城占地，富贵之时，自己的原来妻子却没有舍弃改换，此一善也。立天子能用刘氏的宗室，此二善也。你们诸将不杀你邀功取宠，卖主求荣，此三善也。"

刘秀的手下深恐赤眉军再起叛乱，私下对刘秀说："陛下仁爱待人，只需安抚住赤眉军将士即可。刘盆子身为敌人头领，难保不生二心，此人不可不除啊。"

刘秀对手下人说："行仁之义，全在心诚无欺，如此方有效力。朕待他不薄，他若再反，那是他自取灭亡；朕若背信枉杀，乃朕之失，自不同也。"真正的统治者绝不会一味残暴用事，他们是"仁慈"的。"仁慈"往往比杀戮更有杀伤力，对本性善良的百姓尤见功效。

刘秀对刘盆子赏赐丰厚，还让他做了赵王的郎中。人们在称颂刘秀的贤德时，天下的混乱局面也平息下来，日渐安定。

先生点评

"让人心服，而非征服"是历来统治者秘而不宣的治国之道。以德服人，以诚待人才可以得民心。在这一点上，刘秀做得就非常好，无论是在争天下还是做君主，他都会以诚为出发点，来化解各种各样的矛盾，同时这种品质也让人们敬佩。

宋太宗雪中送炭

宋太宗赵炅是宋朝的第二个皇帝。22岁时，参与陈桥兵变，拥立其兄赵匡胤为帝，曾参与太祖统一四方的大业。宋太宗即位后，继续进行始于后周周世宗时的统一事业，鼓励垦荒，发展农业生产。这些措施顺应了历史潮流，为宋朝的稳定作出了重要贡献。太宗深知创业的艰难，故生活非常俭朴，甚至禁止在皇宫之中使用金银做装饰品。他也很能够体会百姓的甘苦，处处为百姓着想。

有一年冬天，下了一场非常大的雪，而且这大雪下起来没完没了，天气变得十分寒冷。人们都躲在屋里避寒，大街上几乎没有行人。

这天，宋太宗待在皇宫里，身上披着貂皮大衣，旁边放着两个火盆，尽管这样，寒冷还是阵阵袭来。宋太宗命人将取暖的火盆放到自己的身边，奉上温热的美酒和美味的糕点，以便让自己更暖和一些。宋太宗一边烤着火，一边品尝着美酒与糕点，夹着大雪的寒风非常猛烈，这时他看到院中树上的枯枝随着狂风摇曳，不久就被吹落到了地上。

他心中不禁一动，暗想：这么寒冷的天气，连皇宫都如此之冷，汴梁城中那些缺柴少米的百姓，他们的日子要怎么过呢？他们很可能会像这些枯枝一样被寒风吹倒的。太宗越想越揪心，仿佛那些百姓挨冻受饿场景就在他的面前。

想到这里，他马上下令召府尹进宫，他对府尹说："如今天寒地冻，城中那些缺衣少食的百姓如何受得了？他们吃不好，睡不好，我也会吃不好，睡不好。你马上带些衣食和木炭去城中走走看看，帮助那些无法过冬的人们，以解他们的燃眉之急。"

府尹领旨后，不敢停留半步，马上带领衙役，备好衣食和木炭，来到老百姓们生活的地方，把粮食和木炭送到那些穷人和孤苦伶仃的老人手中，并给有困难的人家都留下足够的食物和木炭。这样一来，他们就能有米做饭，有木炭生火取暖了。

受到救助的百姓感激万分，他们一传十，十传百，这件事在当时轰动了整个京城，于是便有了"雪中送炭"的佳话。

雪中送炭的故事也就由此而来。这句成语表面上的意思就是在寒冷的大雪天，给人送去木炭取暖，让人感到暖和，更深层的意义在于，别人处于极端困难和危险的境地时，给予物质上的帮助。

先 生 点 评

俗话说："锦上添花易，雪中送炭难。"别人处境好的时候，你帮人家一把也许不算什么，但是在别人困难的时候，心中能够体会他们的不易，出手相助，这才是真正的善行。雪中送炭就如救命稻草，在你有能力的时候，以一颗体恤的心去帮助那些处于困境中的人，才是最大的善意。

子产放生

子产是春秋时期郑国的政治家和思想家，在郑国为相数十年，他仁厚慈爱、轻财重德、爱民重民，执政期间在政治上颇多建树，被清朝的王源推许为"春秋第一人"。

子产心地仁厚，聪明善良，至今中国的老百姓都非常尊崇他。他济贫并救人于危难，喜欢行善，特别是从不杀生。

一天，一个朋友送给子产几条活鱼。这些鱼很肥，做成菜肯定是一道美味。子产非常感激朋友的好意，高高兴兴地收下了礼物，然后吩咐仆人："把这些鱼放到院子里的鱼池里。"

他的仆人很不解地说："老爷，这种鱼是鲜有的美味，如果将它们放到鱼池中，池里的水又不像山间小溪那样清澈，鱼肉就会变得松软，味道也就不会那么好了，而且这些鱼在脏脏的鱼池里得不到营养说不定会死去。这是您的朋友送的礼物，您应该马上吃掉它们，一来不辜负朋友的美意，二来还可以补充营养。"

子产笑了："这里我说了算，照我说的做。我怎么会因为贪图美味就杀掉这些可怜无辜的鱼呢？我是不忍心那样做的，我宁可让它们自然死亡，也不让它们死在餐桌上。"

仆人只得遵照命令。当仆人把鱼倒回池中时，眼见鱼儿悠游水中，浮沉其间，子产不禁感叹说："你们真幸运啊！如果你们被送给别人，那么你们现在已经在锅中受煎熬了！"

人都需存有善念，心中有善就会觉得生活很充实。再以后每当有人赠送活鱼给子产，子产从来不忍心以享口福，而使活生生的鱼受鼎俎烹割痛苦，总是命人把鱼蓄养在池塘里，眼见鱼儿悠游水中，浮沉其间，子产心胸畅适，不禁感叹地说："得其所哉，得其所哉！"

子产主张"为政必以德"。孔子称赞子产："有仁爱之德古遗风，敬事长上，体恤百姓。"子产因其聪明和善良，而被人们传诵至今。

先生点评

正所谓："勿以善小而不为，勿以恶小而为之。"不要因为是一件微不足道的善事就不去做，也不要因为是一件很小的坏事就去做。生活其实就是由这些小事堆积形成的，更重要的是，这些小善和小恶会成为日后那些大善和大恶的基础。

刘备誓死不离荆州百姓

建安十三年（208 年）秋八月，曹军大举南下，此时荆州牧刘表病危，形势混乱，治下人心惶惶。

九月，曹操至新野，此时刘表已去世，其子刘琮举州投降。此时，刘备屯驻樊城，刘琮不敢将已降曹的消息告诉他。后来，刘备察觉，刘琮才通知刘备。这时曹操大军已到宛城。诸葛亮劝刘备乘机并吞刘琮，把荆州控制在手。但刘备念及刘表情意，没有同意。

刘备自知单凭自己的力量是无论如何也抵挡不住曹军的锋芒，只得南撤江陵，以作权宜之计。荆州吏民对刘备颇有好感，纷纷随之南撤，永不离开刘备，连刘琮的部下也多愿跟从，因而队伍越聚越大，等到达当阳时，"众十余万，辎重数千辆，日行十余里。"

刘备的仁义让那么多的百姓生死追随，让所有人备受感动。但是这些百姓的行动太缓慢，而曹军最慢也日行三十里，况曹军先锋多为骑兵，不日即可追上行动缓慢的刘备军民。如果曹操追上来，后果将不堪设想。

眼看敌军逼近，有人劝刘备说："我们行动太过缓慢了，如果我们放弃百姓，还可以有一线生机，如果我们跟百姓一起走，那么我们只有死路一条了。"其他的将士也都这么认为。

刘备却说："百姓追随着我，是信任我，我怎么可以为了自己活命而抛弃他们呢？我们一起走，即使死了，我们也要和百姓一起。"

众将士无不为刘备的仁义而感到羞愧。刘备仍与众人缓慢南行，后在诸葛亮的妙计下摆脱了这次困境。虽然刘备屡战屡败，屡败屡战，但是他的仁义让天下众多豪杰生死相随，最终在三国鼎立的时期占有重要的地位。

先生点评

朱熹说："仁者，心之德，爱之理。"仁者的背后是一个人道德力量对外界的影响，不受诱惑而自定，不受纷扰而自明。

网开一面

商汤是商朝的创建者，在位 30 年，其中 17 年为商国诸侯，13 年为商朝国王。

夏桀荒淫无道，治国无方，引起百姓的不满和怨恨，但大多数都埋在心里，不敢说出来，这种恨在百姓的心里已经越积越厚。在这个时候，商的首领汤看到百姓受难，心里十分难受，他想让百姓过上好日子，推翻夏桀的统治，带领人们走出痛苦的深渊。

汤不仅雄才大略、才华过人，心地也非常善良，人品更是让人们佩服。有一天，他正走在小树林里，迎面看到一个人张了一张大网，汤猜到他肯定是在捕鸟。那个人还自夸地说："天底下无论从哪里来的鸟，都能进入我的网，让我捕更多的鸟吧！"

汤一听，好多的鸟都来到了这个网里，那不是都难逃一死了吗？于是汤动了恻隐之心，想解救即将面临灾难的鸟，于是汤对捕鸟人说："哎呀，这样太残忍了，你捕那么多的鸟，鸟会被你捕光的，最后鸟就会被你一网打尽了，这样做是不对的。而且鸟也是天地间的生灵，跟人一样，也是有生命的。"

正在这个人不解之际，汤砍断了三面网，并小声祷告："鸟啊！鸟啊！你们愿往左飞就往左飞，愿往右飞就往右飞，赶紧逃命吧！去回归属于自己的天空，如果你真的厌倦了自己的生活，实在不想活了，就进入网里来吧！"随后，那些鸟都逃掉了。

这件事很快被诸侯和部落首领们听到了，他们非常敬佩汤首领，纷纷说："商汤一定会是一个好君王，他对飞禽走兽都如此仁慈，对人肯定更加仁爱，以后他也会爱戴百姓的，仁君不仅体现在治理国家上，更应该体现在他的人品上。"

汤有一颗善心，所以他得臣心、得民心。很快，随着汤的声名鹊起，40个氏族部落先后归顺于他。后来，汤带领部队打败了夏，建立国家后，对内减轻征敛，鼓励生产，安抚民心，从而扩展了统治区域，影响远至黄河上游，氐、羌部落都来纳贡归服。汤励精图治，国家蒸蒸日上，商汤给百姓创建了一个和谐的社会。

先生点评

善是一种潜在的力量，发现这种力量并以它来影响众人，便能成为一个具备美德的人。有善心的人必有高尚的人格，他们对自己有着更高的期许和要求，更愿意以积极心态去面对世间的一切坎坷崎岖，在他们的身上，我们能看到更多乐观的人生和无限的希望。

孙叔敖斩杀两头蛇

孙叔敖是春秋时期楚国著名的政治家，史称他在海边被楚庄王发现，之后当了楚国的大官，以贤能著称于世。

孙叔敖小时候心地善良，勤奋好学，尊敬长辈，孝敬母亲，受到邻里人的喜爱。

一次，孙叔敖外出玩耍，忽然看到路上有一条双头蛇。他以前听别人说，谁要是看见双头蛇，谁就会死去。孙叔敖心中惊惧，想要立即把这条双头蛇打死，于是拾起路边的大石块，打死了双头蛇，并把它掩埋了。

回到家里，孙叔敖闷闷不乐，茶饭不思，母亲见状便问他："孩子，你今天是怎么啦？"

孙叔敖抬头看了看母亲，摇摇头说："没什么。"然后低下头去，依然沮丧不已。

母亲伸出手，摸了摸他的额头说："难道生病了？"

孙叔敖闻言失声痛哭，拉着母亲的衣袖不放。

母亲十分诧异，问道："到底出了什么事？何以哭得这么伤心？"

孙叔敖说："今天，我在外面看到了一条双头蛇。听人说，看见这种蛇的人就会死去，要是我死了，我就再也见不到您了……"

母亲一边抚慰他一边问道："那条蛇现在在哪里呢？"

孙叔敖说："我怕再有人看见它也会死去，就把它打死埋了。"

听了孙叔敖的话，母亲很感动，她高兴地摸着孙叔敖的头说："好孩子，你做得对。你的心眼儿这么好，一定不会死的。"孙叔敖半信半疑，最后还是冲母亲点了点头。

后来，孙叔敖长大成人，因为学识、品德好，做了楚国的令尹。他还没正式上任，老百姓就已经十分信赖他了，因为他自幼就懂得为别人着想，所以必然是个爱戴子民的好官。

先生点评

孔子曰："仁者爱人。"真正拥有仁心的人，即是懂得爱人的人。他不仅爱自己，也爱别人。这就是孟子所说的"老吾老以及人之老，幼吾幼以及人之幼"。孙叔敖小小年纪就已经知道考虑别人的安危，其仁心由此可见一斑。这样的人将来必是大仁大义者，必广受爱戴。

屈原发米

诗人屈原在幼年时期就有悲天悯人的情怀。当时正逢连年饥荒，屈原家乡的百姓们吃不饱、穿不暖，时有沿街乞讨、啃树皮、食埃土者，幼小的屈原见之不禁伤心落泪。

一天，屈原家门前的大石头缝里突然流出了雪白的大米，百姓们见状，纷纷拿来碗瓢、布袋接米，将米背回了家。

不久，屈原的父亲便发现家里粮仓中的大米越来越少，他很是奇怪。

有一天夜里，他发现屈原正从粮仓里往外背米，便将屈原叫住，一问才知道原来是屈原把家里的米灌进了石缝里。

父亲没有责备屈原，只是对他说："咱家的米救不了多少穷人，如果你长大后做官，把楚国管理好，天下的穷人不就有饭吃了吗？"

自此屈原勤奋治学，成人后楚王得知他很有才能，便召他为官，管理国家大事。他为国、为民尽心尽力，被后世之人称颂，真正做到了由小善转为大善。

屈原的悲天悯人情怀早已流传千古。他自幼怜悯他人，此乃小爱，乃人之常情的爱；而他后来的爱国情怀，乃大爱。

先生点评

孟子曾经说："存其心，养其性。"意思是保存赤子之心，修养善良之性。我们生来便有一颗赤子之心，不沾俗尘，不染污土。佛语云："爱出者爱返，福往者福来。"为他人奉献善心，为社会造福祉，他人和社会必定会以善回报于你。

第九章

感恩让生命福杯满溢

学会感恩，是人生必修的一堂课。一个懂得知恩图报的人，即使他一贫如洗，他仍然是一个富有的人；不懂得感恩的人，即使他家财万贯，也不过是一个内心贫瘠的人。

尉迟恭知恩图报

尉迟恭原为宋金刚的部下，620年4月，宋金刚兵败逃命，尉迟恭等人被迫投降了李世民，一同投降的寻相将军及宋金刚的部下在夜间偷偷地逃走了。

这样一来，唐营里都指着尉迟恭窃窃私语。屈突通、殷开山等几人，害怕尉迟恭逃跑，为唐留下后患，就把尉迟恭捆了起来，然后对李世民说："尉迟恭骁勇绝伦，万人无敌，日后必为唐之大患，必须及早除掉他。"

李世民闻言大惊："你们可知道，尉迟恭如果要叛变，他怎么可能落后于寻相将军？现在寻相叛而尉迟恭留，足见尉迟恭毫无叛志呀！"

说完，赶忙走到尉迟恭面前，亲手为其解开了绳索，并把他引到了自己的卧室，拿出一箱金子相赐，说："大丈夫只以意气相待，请不要为小事介怀。如果将军不愿意留在这里，这箱金子可供作为路费，略表我的心意。当然，我是怎么也不会因谗害正，更不会强留不愿与我交朋友的人。"

尉迟恭听李世民如此一说，立刻下拜道："大王如此相待，恭非木石，岂不知感，誓为大王效死，厚赠实不敢受。"李世民忙扶起他说："将军果肯屈留，金不妨受。"尉迟恭继续推辞，李世民便说："先收下，作为以后有功时的赏赐吧。"

第二天，李世民带了500骑兵巡视战场，突然遭到王世充骑兵的包围追杀。王军人数超过万人，带队大将单雄信紧紧地缠住李世民不放。李世民眼看就要被生擒，在这紧急关头，突然一员猛将飞驰而至，冲开层层包围，把李世民从刀枪丛林中救了出来。

此人正是尉迟恭。李世民回营后对尉迟恭说："想不到你这么快就报答我了。"再把昨夜那箱金子相赐，尉迟恭这才收下。

经此事件以后，尉迟恭几乎成了李世民的贴身侍卫，每次征战，都寸步不离。后来，李世民在尉迟敬德等人的协助下，终于顺利地登上了太子之位，不久便做了皇帝。

先 生 点 评

俗话说："投之以桃，报之以李。"受人恩惠，不是美德，报恩才是。当一个人积极投入感恩时，美德就产生了。

一饭千金

韩信是汉初一位叱咤风云的统帅，他本是淮阴人，出身贫寒，自幼父母双亡，而且性格放纵，不拘礼节。他家里没有什么财产，既不可能被推荐做官，又不会经商、种地，一直过着穷困潦倒的生活，常常是有了上顿没下顿，只得依靠别人救济度日，这里混一顿，那里蹭一餐，许多人都很讨厌他。

为了生活，韩信只好到淮阴城的河边去钓鱼。那里经常有许多老妇人在冲洗丝绵，其中一个老妇人见他饥肠辘辘的样子，就把自己的饭分给他吃，一连十几天都是这样。韩信非常感动，便对老妇人说："总有一天我一定会好好报答您的。"老妇人听了很生气，大声斥责韩信说："堂堂七尺男儿，你连自己都养活不了，我是可怜你，才给你饭吃，哪里还希望你的报答啊？"韩信听了很是惭愧，立志要闯出一番事业来。

他每天专心研究兵法、练习武艺，只等着机会的到来。秦末战乱，他辗转投奔了刘邦的汉军，做一个负责押运粮草的小官。之后，他认识了刘邦的谋士萧何，由一名运粮官变成了一名将军。

在此后的几年时间里，韩信帮助刘邦平定三秦之地，取得了对楚作战的胜利；连续灭魏、徇赵、胁燕，平定齐国；最后，逼项羽退到垓下，自刎而死。此战之后，刘邦封韩信为楚王。韩信回到楚国后，找到当年分给他饭吃的那位老妇人，送她黄金一千两，以报答当时之恩。

先生点评

当你的人生处在最艰难的时刻，一点点小小的帮助，也是非常难能可贵的，因为你所得到的，不只是帮助，更多的是希望和积极奋斗的力量。所以，别人的恩惠，一定要牢记在心，当你有能力的时候，别忘记了回报。

伍子胥报恩

春秋时候，拥有贤能之臣伍子胥和"兵圣"孙武的吴国日渐强大。为了成就霸业，吴王命令伍子胥带领士兵去攻打郑国。郑国的国君郑定公在得知情况后对自己的臣民说："谁能够让伍子胥把士兵带回去，不来攻打我们，我一定重重地奖赏他。"

几天之后的一个早上，有个年轻的打鱼郎找到郑定公说："我有办法让伍子胥不来攻打郑国。"郑定公一听，马上问打鱼郎："你需要多少士兵和战车？"打鱼郎摇摇头说："我不用士兵和战车，也不用带食物，我只要用我这根划船的桨，就可以叫吴国士兵撤回吴国。"

打鱼郎来到吴军阵前，一边敲打着船桨，一边唱道："芦中人，芦中人；渡过江，谁的恩？宝剑上，七星文；还给你，带在身。你今天，得意了，可记得，鱼丈人？"伍子胥看到打鱼郎手上的船桨，马上问他："年轻人，你是什么人？"打鱼郎回答说："你没看到我手里拿的船桨吗？我父亲就是靠这根船桨过日子，他还用这根船桨救了你呀。"伍子胥听罢，便知道了年轻鱼郎的父亲是谁！当年伍子胥从楚国逃出来的时候，就是这位年轻鱼郎的父亲渡他过的江。

伍子胥说道："我一直想报答他呢！原来你是他的儿子，你怎么会来这里呢？"打鱼郎回答说："还不是因为你们吴国要来攻打我们郑国，国家有难，我们做百姓的也理应站出来为国效力。希望伍将军看在我死去的父亲曾经救过您的分儿上，退兵吧，不要来攻打郑国了。"伍子胥带着感激的语气说："因为你父亲救了我，我才能够活着当上吴国的上大夫，我怎么会忘记他的恩惠呢？"随后伍子胥班师而回，不再攻打郑国。打鱼郎高兴地把这个好消息告诉了郑定公。一下子，全郑国的人都把打鱼郎当成了大救星，叫他"打鱼的大夫"，郑定公还送给他100 里的土地作为奖赏。

先生点评

学会感恩，是人生必修的一堂课。一个懂得知恩图报的人，即使他一贫如洗，他仍然是一个富有的人；不懂得感恩的人，即使他家财万贯，也不过是一个内心贫瘠的人。

恩若救急，一芥千金

在战国时期，中山国是一个小国，面积不大，唯有在各诸侯国的夹缝中生存。有一天，中山国国君设宴款待国内名士，大夫司马子期也在被邀请之列。当时，中山国国君用羊肉羹款待宾客，没想到来的人太多了，羊肉羹准备得不够，而再做已经来不及了，因此当时就有一部分客人没有吃到羊肉羹，而司马子期恰恰就是其中之一。因为没有分到一杯羹，司马子期觉得中山国国君对自己不够重视，于是怀恨在心，当即离开中山国去了楚国。来到楚国后，他便劝说楚王攻打中山国。

楚王在司马子期的劝说下，发兵攻打中山国。力量薄弱的中山国面对强大的楚国，独力难支，很快就被攻破，中山国国君逃亡他国。在中山国国君逃亡的时候，他发现有两个手持武器的人跟从自己，便问："我都这样了，你们为什么还要跟随我？"其中一人回答说："我们的父亲，曾经遭遇饥饿，就在他快要饿死的时候，是您赐给他一些食物才让他活了下来。父亲临死的时候对我们说：'中山国出现危机，你们必当以死报国。'我们遵从父亲的遗训，特地来报答国君的。"

中山国国君听后非常感慨地说："施与不在于东西多少，而在于别人正处于急难的时候；怨恨不在于深浅，而在于伤心。我因为一杯羹而亡国，却又因为一壶飧食而得到了两个勇士。"

先生点评

对于心存感恩的人来说，别人哪怕一丁点儿的帮助，他们也会铭记在心，并且会在适当的时候去报答别人；而那些不懂得感恩的人，别人对他稍有怠慢，就会怀恨在心，甚至会千方百计地去算计、报复别人。二者相形之下，高下立现。

鞠躬尽瘁

自刘备三顾茅庐之后，诸葛亮辅助刘备转战南北，屡建奇功，建立了蜀汉政权，与魏、吴形成鼎足三分的局面。

后来，蜀主刘备病死，刘禅继位，他只知享乐，把国内的军政大权交给诸葛亮处理。诸葛亮"受任于败军之际，奉命于危难之间"，蜀国军政大计，事必躬亲。

为了统一中原，诸葛亮曾经多次兵出祁山。公元234年，诸葛亮作好充分准备后，约孙权同时对魏国发起进攻，两面夹击魏国。他率领10万大军出斜谷口，在渭水南岸的五丈原构筑营垒，准备长期作战：分一部分兵士在五丈原屯田，跟当地老百姓一起耕种，以为久计。司马懿率领魏军也渡过渭水，筑起营垒准备和蜀军长期对峙，魏明帝命令司马懿只许坚守，不准出战。

与此同时，孙权应约派出三路大军进攻魏国，配合蜀国的行动。魏明帝亲自率领大军南下，大败吴军，蜀军只好孤军作战。诸葛亮很想跟魏军速战速决，但司马懿固守营垒，坚守不出，决心要打持久战。

此时，诸葛亮的身体状况已经很差了，但他依然兢兢业业，废寝忘食，尽心操劳。后来，终于心力衰竭，才54岁，就在五丈原军中与世长辞。

诸葛亮死后，按照诸葛亮生前嘱咐，蜀军密不发丧，各路人马按序撤退。

为了回报刘备"三顾茅庐"的知遇之恩，诸葛亮不辞劳苦，以自己的行动表达着真挚的感恩之心，更以自己的生命，践行了"鞠躬尽瘁，死而后已"的诺言。

先生点评

感恩是一种生活态度，是做人起码的修养。对于助人者来说，可能并不要求对方给予回报；但对于被助者来说，却要永远记住对方的好，常怀一颗感恩之心，在力所能及的情况下，用某种方式加以回报，即便对方并不需要或在意。

豫让报知遇之恩

战国时期，晋人豫让曾经侍奉范氏和中行氏，但一直默默无闻。

之后，豫让做了智伯的座上宾，受到了智伯的礼遇和尊敬。

智伯攻打赵襄子时，赵襄子联合韩、魏灭掉智伯并瓜分了他的领地。智伯灭亡后，豫让逃到山中，感叹道："士为知己者死，女为悦己者容。智伯对我礼遇有加，我一定要为智伯报仇，就算死也在所不辞。"于是豫让更换姓名，混进宫中，伺机刺杀赵襄子。赵襄子有所发觉，抓住了豫让。赵襄子的手下知道豫让是来给智伯报仇的，都想杀死豫让，赵襄子却说："他是一个忠义之人，我小心躲避他就可以了。"于是将豫让放了。

但豫让并不甘心，后来，他伤身毁容，目的在于使人认不出他来。一次，赵襄子外出，经过一座桥时，突然有人从桥下蹿出偷袭，几乎把他从马背上倒翻下来。赵襄子断定："这一定又是豫让。"派人一问，果然是豫让。

于是赵襄子就责备豫让说："你曾经不也侍奉过范氏和中行氏吗？智伯将他们灭掉了，你不但不为他们报仇，反而委身称臣去侍奉智伯。如今智伯也已经死了，而你为什么唯独为他报仇，而且如此执着呢？"豫让说："我侍奉范氏和中行氏的时候，他们像一般人那样对待我，所以我也像一般人那样去报答他们。而智伯像国士那样地对待我，所以我也要像国士那样地去对待他。"

赵襄子听后喟然长叹："你为智伯报仇的举动，成就了你的忠义之名，而我赦免你也已经尽力了。你还做刺杀我的打算，我不会再放过你了。"于是命令手下将豫让围住。豫让说："我听说，明智的君主不会遮掩别人的美德，而忠臣有为名节而死的道义。今天的事情，我固然会得到应有的惩罚，但是我想请求一件事情，希望能让我击穿你脱下来的衣服，以表达我为智伯报仇的心意，这样我也就死而无憾了。"赵襄子被豫让的忠义感动，脱下自己的衣服让人交给豫让。豫让拔剑刺衣，说："我可以到黄泉下报答智伯了！"然后拔剑自杀了。

先生点评

俗话说：滴水之恩，当涌泉相报。感恩是一种生活态度，只有拥有了一颗感恩的心，你才会觉得这个社会，这个世界是充满希望，充满爱的。感恩应是每个人都应该具备的基本道德准则，是做人起码的修养。

灵辄报恩

相传，晋国大夫赵盾到首阳山去打猎，住在翳桑。忽然他看到一个人晕倒了，赶紧前去相救，等那人醒来后，他便赶紧问明情况。

晕倒的人叫灵辄，说已经 3 天没有吃过东西了，非常饿，身体支撑不住了，才会饿晕在路上。赵盾听了，就给了灵辄东西吃。由于长时间没有吃东西，灵辄拿到食物就猛吃起来，但是只吃了一半，还留下一半。

赵盾问他为什么，灵辄便说："我已经给别人当了 3 年奴仆，现在不知道自己的老母亲是否还活着。现在已经离家近了，我想把剩下的食物给母亲留着。"

赵盾深受感动，于是让灵辄把食物吃完，另外又给他准备了饭菜，放在袋子里给了他。

后来灵辄做了晋灵公的武士，在晋灵公设计要杀赵盾时，他倒戈相向，使赵盾得以脱险。赵盾问他为什么要舍身相救时，他回答说："我就是在翳桑的饿汉。"赵盾再问他的姓名和住处，他没有回答就离开了。

当日给灵辄提供食物的事情，赵盾也许早就忘记了，但对灵辄来说，赵盾的善良举动相当于救了他的命，他不仅牢记着赵盾的恩德，还在关键时刻救了赵盾的性命，赵盾可谓是善行得到了善报。

先生点评

爱出者爱返，福往者福来。帮助他人，实际上就是在帮我们自己，当我们把别人脚下的绊脚石搬开时，或许正好给自己铺平了道路。因此，当别人需要帮助时，我们不妨伸出援手，微笑着对他说："请让我来帮你！"

结草报德

春秋时，晋国的魏武子有个爱妾叫祖姬。魏武子生病后，对他的儿子魏颗说："祖姬是我的爱妾，她还年轻，我死之后，你一定要找个好人家把她嫁出去，这样我在九泉之下也瞑目了。"后来魏武子病重，临终时他对魏颗说："祖姬是我的爱妾，我死之后，一定要让她为我殉葬，这样我在九泉之下也有个人做伴，不至于孤独寂寞。"说完，魏武子就死了。

魏武子死后，魏颗没有把那爱妾杀死陪葬，而是把她嫁给了别人。别人很不理解，问他为什么不遵从父亲临终时的遗命，魏颗说："人在病重的时候，神志是混乱不清的。我父亲平日吩咐我要善嫁此女，使她有个好归宿，终身有所依托。我嫁此女，是依据父亲神志清醒时的吩咐。"

后来，魏颗成为晋国的将军，秦桓公出兵伐晋，魏颗率领晋军和秦兵在晋地辅氏（今陕西大荔县）交战。秦兵的将领是勇猛善战、威震当时的名将杜回。当魏颗与杜回相遇后，二人厮杀在一起。正在难分难解之际，魏颗突然见一老人用草编的绳子套住杜回，杜回站立不稳，摔倒在地，当场为魏颗所俘。秦兵见主将被擒，都四散奔逃大败而去。

晋军获胜收兵后，当天夜里，魏颗在梦中见到白天的那位老人，魏颗向老人作揖道："老人家，我和您素不相识，而蒙您相助，这个恩德怎么报答呢？"老人回答说："我就是你所嫁的祖姬的父亲，承蒙将军顺从你父亲合理的遗命，善嫁了我的女儿，没让我女儿殉葬，老汉在九泉之下，感激将军救活了我女儿的生命，特来效劳，结草报德，帮助将军成功，望将军继续勉力为善，将来子孙一定世世荣显。"

先生点评

懂得感恩的心灵，是存在于这个世界的最美的心灵；懂得感恩的生命，是行走在这个世界上的最值得敬重的生命。

岳飞守墓

岳飞出生在河南汤阴县一个贫苦的农家，小时候家中贫寒，上不起学，但是他十分渴望读书习武，希望自己能够成为文武双全的人才。

岳飞家的隔壁是3户富裕人家合办的一个学馆。老师是当地文武双全、师德高尚的周侗。岳飞十分仰慕他，于是经常爬到墙头上听周侗讲课，看周侗舞刀弄枪。

有一次周侗外出，临走时告诉学生让他们每人写一篇文章。岳飞看到老师出去了，便趁机翻墙来到学馆，3个孩子一见岳飞来了，十分高兴。他们经常跟岳飞一起玩，知道岳飞尽管没上学，但学识比他们都好。于是恳求岳飞为他们写文章，岳飞推辞不过，只好代笔，仿照3个人的语气写下了3篇文章。

周侗回来后，批阅学生写的文章，不禁大吃一惊：这3篇文章，文通字顺，笔墨酣畅。虽出自一人之手，但每篇结构布局、语言、文字又各具风格，显然不是学生自己写的。他马上找来3个孩子，严厉盘问，3个孩子见抵赖不过，只好招认了。

周侗一听，喜出望外，连忙叫人把岳飞叫到学馆。周侗一见到岳飞，便十分喜欢他，于是决定将岳飞收为自己的学生。

之后他让岳飞请来母亲，周侗对岳母说："岳飞这孩子聪颖过人，将来必成大器，我想将他收为学生，尽我平生本领教他。"

岳家母子二人一听这话，真是喜从天降，赶忙跪拜在地，重谢师恩。

从此岳飞就在学馆跟周侗学文习武，白天读书识字，学习刀棍枪剑，晚上则听恩师讲解孙吴兵法和做人的道理。不久之后，岳飞的文采武功大有长进。19岁时，就成了一名智勇双全、闻名遐迩的英雄。

不久，周侗因为年事已高，偶染风寒后便一病不起，不久就溘然长逝。岳飞见恩师离去，心里十分难过。将恩师安葬在沥泉山后，他便在坟旁搭了个芦棚，为恩师守灵，以报老师的知遇之恩。

先生点评

成功的第一步就是先存有一颗感激之心，时时对自己的现状心存感激，同时也要对别人为你所做的一切怀有敬意和感激之情。如果你接受了别人的恩惠，不管是礼物、忠告还是帮忙，都应该向对方表达谢意。

狡兔三窟

齐国国相孟尝君门下有一位名叫冯谖的食客，他足智多谋聪明善辩，孟尝君十分欣赏他，冯谖也知恩图报。

一次，孟尝君派他到薛地收债。冯谖问孟尝君，收债之后买些什么东西回来？孟尝君答道："你看我缺少什么就买什么好了。"

冯谖到了薛地，他见欠债者都是贫苦的农民，于是立即以孟尝君名义宣布债款一笔勾销，将各户的债务契约都烧掉了。冯谖回来后，孟尝君问冯谖给自己买了什么，冯谖回答说："你财宝、马匹、美女应有尽有，我只替你买了'仁义'回来。"当孟尝君知道冯谖以他的名义免除了薛地债务，此即买了"仁义"时，又气又怒，但是已无法挽回。

后来，齐国国君废除了孟尝君相位，他只好退居薛地生活。薛地百姓听说孟尝君来此的消息，扶老携幼走出数十里路夹道欢迎。此时他才恍然大悟，冯谖为他买的仁义的价值所在，连连感谢冯谖。冯谖说："狡兔有三窟，也仅仅能免死而已，您现在仅有一窟，还远远不够，请允许我再为您凿两个。"于是，孟尝君听从了冯谖的建议，让他带着车马黄金到魏国去游说。冯谖在魏王面前为孟尝君说了很多好话。魏王马上派使臣携带许多财物和马车去齐国，聘请孟尝君来魏国当相国。

冯谖又赶在使臣之前回到薛地，告诫孟尝君不要接受聘请。魏国使臣如此往返3次，孟尝君还是拒绝接受聘请。齐王得知这个消息后，担心孟尝君到魏国任职，于是赶紧恢复了孟尝君相国的职位，并向他谢罪。这样，冯谖为他凿成了第二个窟。

之后，冯谖又建议孟尝君向齐王请求赐给先王祭器，在薛地建造宗庙供奉。这样一来，齐王就会派兵来保护，使薛地不受其他国的侵袭。齐王答应了这个请求。等到宗庙建成，冯谖对孟尝君说："三窟已成，现在您可以高枕无忧了。"

先生点评

感恩不仅仅是对帮助过你的人心存感激，它应该是一种生活态度。拥有一颗感恩的心，才会对生活对人生充满希望，理智面对挫折与不幸，善待自己。懂得感恩是一种幸福，学会回报是一种美德。

窃符报恩

战国后期，魏王最宠爱的一个妃子叫如姬，她的父亲被人杀害了，她怀恨在心，但是迟迟找不到杀人凶手。后来她把这件事告诉了魏王的弟弟信陵君："杀父之仇，不共戴天。倘若有人能帮我查明真相，我一定全力报答他。"信陵君没说什么，但回去之后立刻派人去侦察，很快就把杀人凶手绳之以法。如姬祭祀父亲时说："爹，如今有人帮您报仇了。"

后来，秦军在长平击败了赵军，又进兵包围邯郸。信陵君的姐姐是赵惠文王弟弟平原君的夫人，她多次送信给魏王和信陵君，向魏国求救。魏王派将军晋鄙率领十万部队援救赵国。这时，秦王派使者警告魏王说："我转眼之间就能攻下赵国，如果你们敢有人援助赵国的，等我拿下赵国后，一定会出兵去攻打他。"魏王害怕了，于是派人命令晋鄙停止援救，让大军驻扎在邺城筑垒，名义上是援救赵国，实际上是观望双方的形势。

平原君再三派使者到魏国求救，并给信陵君写了一封信："现在邯郸城朝夕之间将要归服秦国，而魏国的救兵却没有到达，公子解救人于危难的精神何在？况且，公子即使轻视我，难道不怜惜你的姐姐吗？"信陵君多次请求魏王出兵，但魏王怕秦国，始终不肯出兵。

当时，调兵遣将需要兵符才行，而兵符放在魏王的卧室，普通人根本就拿不到。于是信陵君决定约请宾客，准备车骑百余辆，想带着宾客前往抗击秦军，与赵国共存亡。

此时，信陵君身边一个叫侯嬴的人提醒信陵君，可以找如姬帮助拿到兵符。"当年您帮过她，她一定会回报您的。""可偷兵符是杀头之罪啊！"信陵君说。侯嬴说："你帮如姬报了杀父之仇，她感激不已，就是为你失去生命，也绝不会推辞。现在你正好可以请她帮你偷到魏王的兵符，这样，你就可以指挥大军了。"最后，信陵君找到如姬说明了自己的来意，如姬听后毫不犹豫地答应了，从魏王身边偷走了调兵用的兵符。

信陵君拿着兵符接过大将晋鄙的兵权，最后得到精兵8万，然后使人告诉赵王，约定前后夹攻。在战斗中，信陵君身先士卒，魏军如猛虎一般，杀得秦军措手不及，仓皇逃回秦国。就这样，邯郸解围了，赵国转危为安。

先生点评

　　感恩不是为了求得心理平衡的暂时答谢，而是发自内心的感激，并通过自己十倍、百倍的付出，用实际行动予以报答。回报不是空口说白话，也绝不是虚情假意的小恩小惠，更不是为了贪图利益，而是发自内心的。真心回报他人，尽己所能帮助他人，这才是知恩图报的本质。

第十章

诚信是为人处世的根本

"人言而无信，不知其可也。"诚实守信、信守诺言是为人处世的一种美德，更是为人处世之本。如果一个人言而无信，失去了别人对自己的信任，就如同失去了比千金还宝贵的东西。

蔺相如完璧归赵

战国时期，赵惠文王得到了一块稀世珍宝——和氏璧，秦昭襄王听说后，也想得到这块宝玉，便派使者带着书信来见赵惠文王，说："秦王情愿拿出15座城池来换这块和氏璧，不知赵王是否答应？"

赵惠文王拿不定主意：给吧，怕上当，不给吧，又怕得罪秦国。这时有个宦官对赵王说："我向大王推荐一人，此人名叫蔺相如，他见多识广，足智多谋，我想让他去秦国，肯定能将这件事处理妥当。"于是，赵惠文王就派蔺相如为使者，出使秦国。

蔺相如来到秦国后，就献上和氏璧，哪知秦王看了赞叹不已，根本没有归还的意思。蔺相如看了暗暗着急，这时，计上心来，他对秦王说："大王，这块璧上有一个小小的污点，让我指给大王看吧！"秦王听了信以为真，把和氏璧递给了他。

蔺相如拿着和氏璧，退到一根柱子旁，对秦王说："看来大王并非诚心用15座城池来换和氏璧，那就莫怪小人无理了。大王要是逼我的话，我就连同这块璧一同撞在这根柱子上！"

秦王怕伤了璧，忙命人拿出地图，将要交换的城池指给蔺相如看。蔺相如心知他只是做做样子而已，于是对秦王说："和氏璧不是一般的璧，赵王在送璧之前，斋戒了5天，大王也应斋戒5天，并在朝堂上举行隆重的仪式，我才敢把璧献上。"秦王无奈，只得答应了蔺相如的要求，准备斋戒仪式。

蔺相如晚上则偷偷地派人带着和氏璧回到了赵国。到了第五天，蔺相如不慌不忙地对秦王说："秦国很少有讲信义的君主，所以我怕受骗，就把璧送回去了。天下都知道秦国是强国，赵国是弱国，大王如果真想要那块璧，就先把15座城池割让给赵国，赵国一定将璧呈上。"秦王很生气，但蔺相如说得句句在理，只能就此作罢。

先生点评

俗话说："受人之托，忠人之事。"答应别人的事情，就要努力去做到，唯有如此，才能对得起自己。当我们身上肩负着别人的托付时，心中便有了相应的责任感，这是一种美德、一种信誉，也是一种道德规范和行为准则。蔺相如凭借自己的智慧与胆识，将赵王的托付顺利完成，这就是一种担当。

唐太宗与囚徒的约定

贞观六年年末（632 年），唐太宗李世民亲自审查京城的复核案件。太宗看到有 30 多个犯人被判了死刑，心生怜悯，于是他下了一道圣旨：把他们统统放回家，让他们和家人团聚，一年后的秋天回京城执行死刑。接着，太宗又下了一道命令：把全国的所有死刑犯都放回去，一年后都到京城，一起问斩。于是，全国共有 390 个死刑犯被放回家去了。

这两道圣旨，没有任何附加条件，也就是说，没有狱吏跟着，也没有官府监视。这 390 个死刑犯，个个都是杀人放火，无恶不作的亡命之徒，现在居然可以就这样大摇大摆地回到家里享受一年的"最后时光"。不但死刑犯们不相信这是真的，就连朝中的大臣也不免要纳闷：皇上为啥要这么做呢？

当时有人怀疑：这些死囚被释放后，还会回来吗？犯人就像逃离笼子的鸟，让他们再回到笼子里几乎是不可能的。而且这些人还是被判处死刑的人，好不容易有偷生的机会，没有人会傻到回来受死的。

390 个死刑犯人就这样离开了监狱，回到家中，见自己的亲朋好友，享受一年的自由时光。

贞观七年（633 年），这 390 个死刑犯，在没有人带领，没有人约束的情况下，都按时从全国各地返回京城，没有一个逃跑或隐藏。

唐太宗没有对这些被释放的死囚采取任何强制的措施，是源于对这些死囚的信任，而这390个死囚在没有强制措施的情况下，又都按时回来听候发落，是他们用自己的实际行动回报唐太宗的信任。

最终，太宗宣布赦免了这390个囚徒。

先生点评

人与人之间的信任是相互的，不是单方面的，你不信任别人，别人自然也不会信任你。有的人终其一生也没有信任过任何人；有的人一生也没有被任何人信任过。这都是人生的遗憾。其实赢得别人的信任很简单，你先信他就是了。

曹操割发代首

东汉末年，曹操为了统一中原，实现自己的政治理想，而招兵买马，积草囤粮，千方百计拉拢人才。

为了开荒种田，广积粮食，他派人起草并颁布了"屯田令"，同时，命令军队也要大量开荒地，实行军屯。并严令士兵保护庄稼，不准践踏禾苗，若违犯，就按军法处治。

一次，正是麦熟时节，曹操带兵出征，任务紧急，队伍行军急速。老百姓都躲得远远的，不敢收割庄稼。曹操得知后，就传下军令，士兵如有践踏麦田，立即斩首示众，请父老乡亲不要害怕。

士兵们都小心翼翼地走过麦田，这时，麦田里突然飞出一只鸟，这只鸟正从曹操骑的马头上掠过。战马受惊，一边嘶叫一边四蹄奋起蹿进旁边的麦田。当曹操用力将马勒住停下来时，战马已经踩倒了一大片麦子。于是，曹操赶紧跳下马，对主管法令的官说："我的马将麦子踩坏，违犯了禁令，请求按军法议罪。"

主管法令的官说："将军是一军的主帅，怎能议罪？"

曹操又说："我自己制定的法令，我违犯了不治罪，怎么能够服众？"

主管法令的官又说："对尊贵的人是不能施加刑罚的。您是一军的主帅，何况踏坏麦田又不是存心违法，而是由于意外，我看就不必议罪了。"

曹操听了，略略沉思一会儿，说道："既然这样，那就暂且免去死罪吧，但是，我犯了错误也应该受罚！"说完，他脱下帽子，用剑把自己的头发割下一绺来，用力掷在地上说道："姑且用割发代替砍头。"

古人认为，头发是从父母那里继承来的，随便割掉不仅大逆不道，而且还是不孝的表现。曹操作为封建社会的政治家，能够割发代首，以身作则，实属难能可贵。

曹操割发严守军令的事，很快在全军传开了。全军上下，个个敬畏，人人遵守军令，无一敢违犯。当时，在曹操的屯田基地——许昌，军民共同发展农业，保护庄稼，这样，使被战乱破坏的农业生产渐渐恢复与发展起来。这为曹操打败群雄，统一北方，打下了坚实的经济基础。

先生点评

成大事业者，先要有大德行。只有严于律己，宽以待人，才能真正获得别人的信任，你才能在以后的工作和生活中如鱼得水，游刃有余。永远记住：要想成功，必须要先修炼你的德行。

商鞅立木为信

商鞅是卫国的贵族，原名公孙鞅。年轻时好刑名之学，在魏相公叔痤门下任中庶子。公叔痤临终前将其推荐给了魏惠王，希望能够任他为相，但可惜惠王认为公叔痤病糊涂了，并没有把商鞅当回事，也没有重用。

后来，商鞅听说秦孝公下令求贤，招纳有才有识之士，于是便离开魏国，来到了秦国。商鞅舌战当时秦国贵族、力排众议，向秦孝公提出了自己的变法主张，很受秦孝公的赏识。于是秦孝公命商鞅为左庶长，开始实行变法。

变法的各项具体法令都已制定好了，但商鞅并没有急着将其公之于众，而是首先取信于民。商鞅在秦国都城南门立了一根三丈余长的木头，召集百姓并当众许下诺言："凡是有能将木头搬到北门的人，奉上十金作为奖励。"

民众感到莫名其妙，底下一片议论之声。有人说："天底下哪有这么便宜的事情，搬一根木头就赏赐10两黄金？"有人跟着说："是啊，我看这事儿弄不好是要掉脑袋的。"众人指指点点，猜测他的用意，并没有谁愿意上去搬那根木头。

于是商鞅又当众宣布："若是有人把木头搬到北门，赏赐黄金50两。"众人哗然，更加认为这不会是真的。

这时，一个中年汉子走出人群对官吏一拱手，说："既然官老爷发令了，我就来搬，50两黄金不敢奢望，赏几个小钱还是可能的。"

中年汉子扛起木头直向北门走去，围观的人群又跟着他来到北门。中年汉子放下木头后被官吏带到商鞅面前。商鞅笑着对中年汉子说："你是条好汉！"说完，商鞅拿出50两黄金，在手上掂了掂，说："拿去！"

消息迅速从咸阳传向四面八方，国人纷纷传颂商鞅言出必行的美名。他的伟大功绩也因此而流传千古。

先生点评

"人言而无信，不知其可也。"诚实守信、信守诺言是为人处世的一种美德，更是为人处世之本。如果一个人言而无信，失去了别人对自己的信任，就如同失去了比千金还宝贵的东西。

烽火戏诸侯

西周末年，周宣王死后，其子宫湦（shēng）继位，是为周幽王。当时周王室所在的地方发生了大地震，加上连年干旱，民众饥寒交迫、四处流亡，社会动荡不安，国力衰竭。而周幽王是个荒淫无道的昏君，他不思朝政，反而重用佞臣虢石父，盘剥百姓，激化了阶级矛盾；又对外攻伐西戎而大败。

公元前779年，周幽王征伐褒国，褒国人献出美女褒姒求和。

周幽王十分宠爱褒姒，可是褒姒自从进宫以后，就没有笑过，整天闷闷不乐。周幽王送她各种珍奇礼物，想尽各种办法逗她笑，都没有成功。于是周幽王说："有谁能让王妃笑一下，就赏他1000两黄金。"这时虢石父替周幽王想了一个主意，他说："大王可以跟娘娘上骊山去玩几天，到了晚上，咱们把烽火点起来，让附近的诸侯赶来。娘娘见许多兵马扑了个空，肯定会笑的。"周幽王很高兴："好极了，就这么办吧！"

他们上了骊山，真的把烽火点了起来。各路诸侯误以为天子蒙难，纷纷遣军队连夜前往救驾，到骊山脚下后才发现没有战事。周幽王派人告诉他们说，辛苦了大家，这儿没什么事，不过是大王和王妃放烟火取乐，诸侯们始知被戏弄，怀怨而回。京城里外，此时已是兵马云集，一片混乱，这种狼狈滑稽的场面，被站在高台上的褒姒看见，她禁不住哈哈大笑。幽王心花怒放，立刻赏虢石父千金。以后又数度重复这个荒谬的方法，以致诸侯无人再信周幽王烽火。

5年后，犬戎大举攻周，周幽王连忙下令把骊山的烽火点起来，但是诸侯们受了愚弄，以为这次又是周幽王为了讨好褒姒而点的烽火，因而谁都没有理会。结果周幽王被杀，而褒姒也被抢走了。西周300年的历史宣告结束。

先生点评

诚信是为人处世的根本，我们每个人都该像捍卫自己的生命一样去捍卫它。一个人若是没有诚信，就会像周幽王那样付出惨痛的代价。

孙武练兵

孙武是春秋时期伟大的军事家，被誉为兵学的鼻祖。他因内乱逃到吴国，把自己所著的兵法敬献给吴王阖闾。

阖闾说："您写的兵法十三篇，我都细细读过了，您能当场演习一下阵法吗？"孙武回答说："可以。"于是吴王派出宫中美女180人，让孙武演练阵法。

孙武把她们分成两队，让吴王最宠爱的两个妃子担任队长，每位宫女手拿一把戟。孙武说："演习阵法时，我击鼓发令，你们听从我的指挥。"她们都齐声说："是。"

一切准备妥当后，孙武击鼓发令向右，宫女们却嬉笑不止，不遵奉命令。孙武说："规定不明确，口令不熟悉，这是主将的责任。"于是他重新申明号令，并击鼓发令向左，宫女们仍然嬉笑不止。

孙武说："规定不明确，口令不熟悉，这是主将的责任；现在既然已经明确，你们仍然不服从命令，那就是队长和士兵的过错了。"说罢，命令斩杀两名队长。

当时吴王正站在观操台上，见孙武要斩杀他的两个爱妃，急忙派人向孙武传令："我已经知道将军善于用兵了。请您不要杀掉她们。"

孙武回答说："臣既然已经受命为将帅，就应该尽职尽责做好分内的事。"说完，仍旧命令斩杀两名队长示众，并重新任命两名宫女担任队长。孙武再次击鼓发令，宫女们按照鼓声听令，没有一个人敢发出嬉笑声。

先生点评

古人云：言必信，行必果。诚信的力量是巨大的，它足以震撼我们的心灵。一个人具备守信的品质，他就必然是个言行一致、说到做到的人。

宋濂还书

宋濂，字景濂，号潜溪，别号玄真子、玄真道士、玄真遁叟，是元末明初著名的文学家、政治家，曾被明太祖朱元璋誉为"开国文臣之首"，与高启、刘基并称为"明初诗文三大家"。

宋濂自幼家境贫寒，但聪敏好学，曾受业于元末古文大家吴莱、柳贯、黄溍等。他小时候十分喜欢读书，但是家里很穷，也没钱买书，只好向人家借，每次借书，他都讲好期限，按时归还，从不违约，即使自己没有看完也会还给人家，因此人们都乐意把书借给他。

一次，宋濂借到一本书，越读越爱不释手，便决定把它抄下来。可是还书的期限快到了。他只好连夜抄书。时值隆冬腊月，滴水成冰，天气非常寒冷。

他母亲心疼地说："孩子，都半夜了，那么寒冷，天亮了再抄吧。人家又不是等着看这书。你跟人家说，晚一天还回去，说不定人家就答应了。"

宋濂说："不管人家等不等这本书看，到期限就要还，如果说话做事不讲信用，失信于人，怎么可能得到别人的尊重呢。做人一定要讲信用，即使自己看不完书，也要还回去。"说完，他继续抄书，终于按时将书还给了别人。

还有一次，宋濂要去拜访老师，并约好了见面的日期。谁知出发那天竟然下起了鹅毛大雪，道路非常难走。当宋濂挑起行李准备上路时，母亲惊讶地说："这样的天气怎能出远门呢？再说，老师那里早已经大雪封山了。你这一件旧棉袄，也抵不住深山的严寒啊！"

宋濂说："娘，今日不出发就会误了拜师的日子，这就失约了；失约，就是对老师不尊重啊。风雪再大，我都得上路。我不能不讲信用。"

就这样，宋濂冒着大雪上路了。当宋濂赶到老师家里时，老师感动地称赞他说："年轻人，守信好学，是一个优秀的人，一个人说讲信用容易，但做到信用二字就难了，你不仅说到，而且还做到了，你将来必有大出息！"

果然，宋濂后来成了一代大儒，得到明太祖朱元璋的重用。

先生点评

一个人成败的根源，源于我们内心的诚与敬。如果连讲话应有的信用都做不到，那很难想象，还有什么样的事情，能够成就得了。孔子曰："人而无信，不知其可也。"没有信用，就好像车子无法走动一样。《中庸》云："不诚无物。"如果缺乏真诚的心与应有的信义，那任何事业都很难成就。

齐襄公失信

齐襄公是春秋时期齐国的一个国君，后来的春秋五霸之一的齐桓公是他的弟弟。齐襄公昏庸无度，纳自己的妹妹为妻，又连年征战，百姓早就苦不堪言。

齐襄公约会宋、鲁、陈、蔡4国诸侯打败卫国，但想到卫国国君是周天子的女婿，害怕会报仇，他便派大将连称和管至父带兵去守葵丘。

两位大将临走问："我们守葵丘期限到什么时候呢？"这时，齐襄公正吃着甜瓜，他只顾一口一口地咬，却不去答理他们。两位大将又说："倒不是我们受不了苦，士兵们也有家啊！"齐襄公吃完一个，又拿起一个，他在手心上掂着，好像要知道这瓜有多重，又好像在琢磨着如何回答他们。沉默了一阵儿，他忽然点点头说："好吧！等明年吃甜瓜的时候，我就派人去接防。"

第二年吃甜瓜的时候，连称和管至父都想期限到了，为什么国君不派人来换防呢？怎么办？打发人去直说不好，思来想去，想出了一个巧妙的办法，派个小兵给国君送甜瓜，他自然就会记起此事。不料，这却触怒了齐襄公。他看到送来的甜瓜，比斥责他还厉害，一气之下，他顺手抄起了一个甜瓜，朝着那个小兵的脑袋砸去。"啪"的一声，甜瓜摔了个粉碎，那小兵的脑袋、脑后、脖子、脸上连瓤带籽直往下流。齐襄公骂骂咧咧地说："若再催，我叫你们一个个脑袋就像这甜瓜一样开花。回去告诉他们，到明年吃甜瓜的时候再说吧！"

那个小兵回来一说，两位大将都气得眼前冒金星，胸中喷怒火，不约而同地脱口骂道："昏君！"之后连称和管至父便开始谋划起兵，讨伐不守信义、昏庸无度的齐襄公，并最终把齐襄公杀死了。

先生点评

做一个有信义的人胜过一个有名气的人。在人们心里，守诺言、重信用的人往往也是一个有责任心、知书达理的正人君子，而只有那些虚伪圆滑的小人才会作出背信弃义之事。

季札挂剑

季札是春秋时吴王寿梦 4 个儿子中最小的一个。他很有才华，寿梦在世时就想把王位传给他，但季札避让不答应，寿梦只好让长子诸樊继位。

后来，季札受吴王的委托出使北方，拜访了徐国国君。徐国国君在接待季札时，看到了他佩带的宝剑。吴国铸剑在春秋闻名，季札作为使节所佩带的宝剑自然不凡。徐君对季札的宝剑赞不绝口，流露出喜爱之情。

季札也看出徐国国君的心意，就打算把这宝剑送给徐国国君作为纪念。但是这把剑是父王赐给他的，是他作为吴国使节的一个信物，他到各诸侯国去必须带着它，现在自己的任务还没完成，怎么能把它送给别人呢？季札暗下决心，返回时一定把此剑献上。

后来，他离开徐国，先后到鲁国、齐国、郑国、卫国、晋国等地，返回时途经徐国，当他想去拜访徐国国君以实现自己赠剑的愿望时，却得知徐国国君已死。

万分悲痛的季札来到徐国国君墓前祭奠，祭奠完毕，他解下身上的佩剑，挂在坟旁的树木之上。随从人员说："徐国国君已死，还留下宝剑干什么呀？"季札说："当时我内心已答应了他，我不能因为他已死，就违背自己的心愿啊！"

人无诚信，不能生存于世上。季札虽然没有当面许诺要赠给徐君宝剑，只是在心中有一个赠剑的愿望，而当他想要实现这个愿望时，徐国国君却已经死了。但季札并没有因为徐国国君的死而不履行"承诺"。

先生点评

一个已经亡故的赠剑对象；一把价值连城的宝剑，诠释了"信"的真实含义。相比那些对别人作出了正式承诺而找各种理由不履行诺言的人来讲，季札无疑给他们作出了一个良好的表率。

第十一章

海纳百川，有容乃大

"海纳百川，有容乃大。"宽容别人会展示你为人的博大胸怀和行事的恢宏气度。金无足赤，人无完人，容忍别人，你会得到他的感激与报答。用一种宽容、豁达的胸怀对待"冒犯"你的人，不用采取任何行动，问题便会自动消失，心灵也可以得到一份宁静。

宰相肚里能撑船

王安石当上宰相后，纳了个妾，名叫姣娘。娇娘年方十八，既有美貌，又精通琴棋书画，因此深得王安石喜爱。但王安石整天忙于处理政务，慢慢地，就把姣娘冷落了。

姣娘独守空房，难免会感到寂寞。于是，她和一个仆人产生了感情。这件事很快就传到了王安石那里，他顿时大怒，想出一个办法来惩罚他们。一天，他谎称上朝，但却是悄悄藏在家中。夜里，姣娘和仆人在房里说一些很亲密的话，王安石气得直发抖。他准备踹门进去，把仆人和姣娘揪出来问罪。就在这个紧要关头，"忍"字给他当头一棒，让他冷静下来。他想：自己身为堂堂宰相，为了一个小妾大动肝火，实在是不明智，于是他把这口气咽了下去。走到大院的时候，他一不留神撞到一棵大树，一抬头，只见树上有个鸟窝。他心生一计，拿了竹竿把鸟窝一捅，窝里的鸟受了惊吓，叫了几声。屋里的仆人听到鸟叫声，慌慌张张地逃走了。

后来，王安石没有提起这件事。很快，中秋节到了，王安石邀请姣娘赏月。在宴席上，王安石趁着酒劲，作诗一首："日出东来还转东，乌鸦不叫竹竿捅。鲜花搂着棉蚕睡，撇下干姜门外听。"意思是说，姣娘你和仆人背着我谈情说爱，我捅了鸟窝才走，你不知道，我一直在门外听着。

姣娘知道自己和仆人的事已经被王安石察觉了，就跪在他面前，也题诗一首："日出东来转正南，你说这话够一年，大人莫见小人怪，宰相肚里能撑船。"意思是说，你冷落我那么长时间，也别怪我，再说，你是个宰相，应该宽宏大量，不计较我们这些小人物的过错。

王安石仔细想想，自己都五六十岁的老人了，而姣娘正是青春年少，和仆人的事也不能全怪她。过了中秋，王安石给了姣娘一些银两，让她和仆人成亲，远走他乡。这件事被人们知道后，大家都夸王安石大度，更加佩服他了。

先生点评

以恨对恨，恨永远存在；以爱对恨，恨自然消失。宽容是消除矛盾的有效方法，遇到伤害，最高明的办法不是报复，而是以一颗宽容的心来对待。如果我们对任何事情都采取"以牙还牙"的方式来解决，那么整个世界将会失去色彩。

王旦德量恢弘

王旦，字子明，是宋朝一位著名的宰相。

宋真宗时期，王旦担任朝廷宰相之职，位高权重，但他处理任何一件事都十分谨慎小心、细致周到。当时朝廷还有一位大臣——寇准，刚直忠正，也是皇帝身边的左右手。寇准见王旦官职在自己之上，心里有点儿不大服气，而且不由自主地对王旦的言行有所诋毁。在朝廷之上，寇准也曾公开指出王旦的缺点。

王旦认为寇准忠心耿耿，足以堪当重责大任。因此，每次在皇上面前，王旦都称赞寇准的优点，认为他是值得众人学习的榜样。真宗觉得非常惊讶，有一次，他和王旦交谈的时候，就问道："你经常称赞寇准，寇准却数次说你的短处，你为什么能这样做呢？"

王旦听后说道："我在相位已经这么久了，一般大臣都不敢指出我的缺点，而寇准能够直陈我的不足，可见他是忠贞直率的，这也是臣下看重他的原因。有这样的大臣，既是国家之福，也是我的福分啊！"

有一次，寇准私下来找王旦，希望他能向皇上推荐自己当宰相。王旦义正词严地对他说："将军，宰相这样的职位，怎么可以求得来？"但很快寇准被朝廷任命为武胜军节度使、同中书门下平章事。寇准万分感激皇上的知遇之恩，他入朝拜谢皇上，眼眶涌出泪水，激动地说：

"如果不是陛下了解微臣，怎会有臣下的今天？"皇上特意把事实真相告诉寇准，他说："你能当节度使，又能当同平章事，都是王旦推荐的。"

寇准听说了这样的内情，羞愧不已，对王旦的正直和宽容很是敬佩。

先生点评

宽容别人会展示你为人的博大胸怀和行事的恢宏气度。金无足赤，人无完人，容忍别人，你会得到他的感激与报答。用一种宽容、豁达的胸怀对待"冒犯"你的人，不用采取任何行动，问题便会自动消失，心灵也可以得到一份宁静。

齐桓公不计前嫌

春秋时期齐国国君齐襄公被杀，襄公有两个兄弟，一个叫公子纠，当时在鲁国；一个叫公子小白，当时在莒（jǔ）国。两个人身边都有个师傅，公子纠的师傅叫管仲，公子小白的师傅叫鲍叔牙。两个公子听到齐襄公被杀的消息，都急着要回齐国争夺王位。

在公子小白回齐国的路上，管仲安排好人马在那里拦截他。看到公子小白的车过来了，管仲弯弓搭箭，向小白射去，只见小白大叫一声，倒在车里。

管仲以为小白已经死了，就不慌不忙护送公子纠回到齐国去。谁知道公子小白是诈死，等到公子纠和管仲进入齐国国境，小白和鲍叔牙早已抄小道抢先回到了国都临淄，小白当上了齐国国君，即齐桓公。

齐桓公即位以后，立即发令杀公子纠，并把管仲送回齐国办罪。

管仲被关在囚车里送到齐国，鲍叔牙立即向齐桓公推荐管仲。

齐桓公气愤地说："管仲拿箭射我，要我的命，我还能用他吗？"

鲍叔牙说："那时候他是公子纠的师傅，他用箭射您，正是他对公子纠的忠心。论本领，他比我强得多，主公如果要干一番大事业，管仲可是个用得着的人。"

听了鲍叔牙的一番话，齐桓公不但没有治管仲的罪，还立刻任命他为相，让他管理国政。

后来，管仲果真帮着齐桓公成就了一番霸业，使齐桓公成为"春秋五霸"之一。齐桓公不计前嫌，礼贤下士的风范也为后人传为美谈。

先生点评

常言道：海纳百川，有容乃大。宽容是一种极高的个人修养，非一般人能具有。但纵观历史，能成大业的人物，小心眼的寥若晨星，大肚之人却俯拾皆是。凡人欲寻求快乐的生活之道，宽容一定是一堂必修课。

曹操宽容得人才

曹操是我国古代著名的政治家、文学家和军事家。他为了开创统一北方的事业，大力招揽人才，在历史上留下了善于用人、宽厚待人的美名。

陈琳是当时颇有文采的作家，他为袁绍起草檄文，对曹操破口大骂，被俘后，曹操也只是说："你骂我一个就行了，为何连我的祖宗都骂?"陈琳谢罪说，当时他为袁绍办事，就好像箭在弦上，不得不发。曹操不计前嫌，仍任命他为司空军谋祭酒。

毕谌的母亲、弟弟、妻子、儿女被张邈扣押，曹操便对他说："你的家人都在吕布那里，你还是到他那里去吧!"毕谌跪下磕头，说自己没有异心，感动得曹操流下眼泪。谁知毕谌一转身连招呼都没打一个，就背叛曹操投奔了吕布。后来，毕谌被俘，大家都认为他这回必死无疑。谁知曹操却说："尽孝的人能不尽忠吗？这正是我到处要找的人啊！"曹操不仅不治毕谌的罪，还让他到孔夫子的老家曲阜去做了鲁国相。

还有个叫魏种的人，原本是曹操最信任的人，张邈反叛时，许多人倒戈跟随了张邈，曹操却十分自信地说："只有魏种是不会背叛我的。"谁知魏种也跟着张邈跑了，气得曹操咬牙切齿："好你个魏种！就是跑到天涯海角，我也饶不得你！"但当魏种被俘时，曹操却叹了一口气说："魏种是个人才啊！"又任命他去当河内太守。

曹操的宽容为他赢得了许多人才，他统治的北方也逐渐成为当时最繁荣的地区。

先生点评

古人云："大度集群朋。"一个人若能有宽宏的度量，他的身边便会聚集大量的朋友。所以，我们要学会宽容，小事不要太过计较，要原谅别人的过失；受人讥讽时，不要睚眦必报。

武则天不惩罚骆宾王

武则天是我国历史上唯一的一位女皇帝。684 年，武则天废了唐中宗，准备自立为皇帝。但在中国历史上，还没有女人做皇帝的先例。当时，被贬为柳州司马的徐敬业对武则天颇为不满，便在扬州起兵反对其临朝当政。著名文学家、被誉为"初唐四杰"之一的骆宾王，极力追随徐敬业反对武则天。他不但是这次"谋逆造反"的骨干，还写了当时引起轰动的《为徐敬业讨武曌檄》。

在《为徐敬业讨武曌檄》一文中，骆宾王竭尽全力罗列了武则天的"二十大罪状"，将武则天骂了个狗血喷头。武则天得知后，派人找来檄文认真阅读了一遍。读完檄文，武则天不仅没有发怒，反而对骆宾王的文才大加赞赏。她还责怪宰相："此人有如此之才，而使其流落不遇，乃宰相之过也。"意思是说，写这篇檄文的人很有才华，你却不使他为朝廷所用，是你当宰相的过失。

武则天当了皇帝后，引起了很多人的不满，有人辱骂她是人间最坏的女人，说她"糊心巡抚使，眯目圣神皇"，讽刺武则天乱封官员。右肃政台御史纪先知为了维护女皇的尊严，便将辱骂者逮捕入狱，请求下令严惩。武则天知道后反而笑道："只要文武百官守法清正，尽职效力，岂怕人家说三道四，不惩，放他。"

后来，对武则天的质疑之声随着她的政绩而日渐衰微，人们看到她在政治方面的才能，那些一开始反对她做皇帝的人，也渐渐开始佩服她。

对于拥有至高无上权力的封建帝王来说，能有如此宽广的胸怀，实属难能可贵。武则天在位期间能够有所作为，可以说是与她宽广的胸怀分不开的。

先生点评

被人批评的滋味不好受，但俗话说"良药苦口，忠言逆耳"，越是难听的话越是需要我们认真对待，有则改之，无则加勉。

张宗全"认错"

姚崇是唐玄宗时期有名的宰相，在他的朋友之中，有一位叫张宗全的秀才，是深谙为友之道的高手。

一次，老师要青年姚崇与张宗全就某个题目做一篇文章，两天之后交卷。为了给老师留下好印象，他们都精心作了准备，将自认为写得最好的一篇交了上来。事有凑巧，姚崇与张宗全所写的内容几乎完全一样，且观点也相当一致。老师看到二人交来的文章后勃然大怒，没想到自己最得意的两位门生竟然剽窃他人作品，这如何了得？老师当即就质问他们："你们两人到底是谁抄袭了别人的文章？还不快给我从实招来！"

这时，姚崇据理力争说："我的文章是自己原创，没有抄袭。"张宗全也未剽窃他人，但他为了平息老师的怒火，就对老师说："前两天与姚崇兄论及此题，姚兄高谈阔论，学生深感佩服，遂引以为论。"姚崇听了张宗全的话，简直不敢相信自己耳朵，因为他根本没有和张宗全讨论过那个问题。

听到这番话，老师也知错怪了两位学生，就平息了心中怒火。事后姚崇为张宗全的广阔胸襟所感动，他对张宗全说："张兄的才华姚某佩服，你的胸襟和气度更是姚某所不能及的。"姚崇当宰相后，就向唐玄宗推荐张宗全。唐玄宗在亲自考核张宗全的才华之后，便封了他一个正三品官衔。张宗全勇于承担，不计得失，宽容大度的品格为他赢得了从政的机会。

先生点评

事实证明：能宽容者，能得快乐，能够成功。宽容是一种大度，能容下人世间酸甜苦辣，能化解所有恩怨是非。在"山重水复疑无路"时，学会宽容，便会"柳暗花明又一村"。学会宽容，朋友之间便会多几分理解，几分感激；学会宽容，人世间便会多几分温暖，几分关爱。

苏轼宽容书生

宋代在杭州任知州的苏轼是一位颇有雅量之人。他任知州时，曾审过一个案子，被审的人犯姓吴名味道，被查出私售棉纱，偷税漏税。吴味道被押上堂，苏轼见他身背一个大包袱，贴有封纸，上面写着：

杭州通判苏轼送京师苏侍郎。苏侍郎即苏轼在京城官居侍郎的弟弟苏辙，封纸上没有写明苏辙的具体地址。

苏轼时任杭州知州，通判是他10多年前在杭州的职务，且苏轼从未托人带物给他弟弟。很明显，吴味道是假冒他的名义行欺骗之事。当吴味道得知堂上坐的正是苏轼时，当即吓得簌簌发抖，惶惶中只好招供。他说自己是个穷书生，虽苦读诗书，但屡考不中。好不容易州试中榜，有了进京赴考的机会，却没有路费。乡人可怜他，为他捐了一些银两和棉纱，他一并带上，打算将棉纱带到京城换些银两用。但贩运棉纱是要纳税的，若路上所经地方一一纳税，到京城就不到一半了。于是，他便以假借苏轼之托给京城做侍郎的弟弟送物品的名义行事。心想苏氏兄弟名声大，在路上容易蒙混过关，不必纳税。未想到路过杭州便被查出，而且落入苏轼手里。

吴味道知道罪责难逃，进京赶考的事将成黄粱一梦。苏轼乃读书人出身，不仅胸怀雅量，且豁达大度，面对这位苦读诗书而冒名省财赴考的穷书生，他不但没有责罚，还将棉纱依价折合成银两付给吴味道，亲笔题写自己的姓名官衔和弟弟苏辙在京师的详细地址，换下包袱上的旧封，以示托送。然后嘱咐吴味道，抓紧上路赴京赶考，并祝高中。后来，吴味道果然高中，特致信感念苏轼的宽容之恩。

先生点评

世界上最宽阔的是海洋，比海洋更宽阔的是天空，比天空更宽阔的是人的心灵。懂得宽容，才不会对自私、虚伪、嫉妒、狂傲感到失望，才会用宏大的气量去感受相逢一笑泯恩仇的快乐。

六尺巷

清朝初年，安徽桐城出了许多人才。有历任康熙、雍正、乾隆三朝的张廷玉大学士，还有他的父亲康熙时的文华殿大学士张英。

张家非常和睦，从不争吵，人丁兴旺，备受朝廷器重。张家对邻里也非常友善，在当地有一个"六尺巷"的故事，说的就是他和邻居家和睦相处的事。

张英家的邻居姓叶，也是一位较大的官员。这一年叶家要翻造新房，在重新打院墙桩基时，把他们家的地基向张家这边移了3尺。

张英的夫人听家人说邻家强占她家地基，便去实地察看，邻家果真是向自己家移了3尺，张夫人很生气，就写了一封信，派人送到北京，向在朝中任大学士（相当于宰相）的丈夫张英报告此事，要丈夫出面解决。

张英见家里来人，一问是与邻居争地界的事。就写了一封回信，让家人带回交给夫人。夫人拆开信，只见是一首诗：

"千里修书只为墙，让他3尺又何妨；长城万里今犹在，不见当年秦始皇。"

张夫人看完大失所望。回信不但不想办法争回3尺地基，反而要让。心里难免生气，但后来一想，丈夫说的话有道理。自己丈夫的官比邻居大，如果要这3尺地基，难免被人家认为以势压人。再说，自家的院子也很大，少了3尺也无大碍。更重要的是邻里之间要和睦，常言道："远亲不如近邻。"就同意了丈夫的劝导，不再提这件事，把墙基后退了3尺。

看到张家主动退让了3尺，邻居也自觉惭愧，将墙根后退3尺，就有了一条"六尺巷"。

先生点评

宽容和忍让是生活不可或缺的调和剂，生活中的矛盾或多或少地都在发生，对对方的宽容，实际上也是对自己的宽容，宽容了对方之后，自己也能够有一种如释重负的感觉。

吕蒙正不记人过

宋代政治家吕蒙正是河南洛阳人，曾3次任宰相，正直敢言。他为人很有雅量，即便别人冒犯了他，他也不喜欢记别人的过失。

刚任参知政事的时候，在上朝时，有一个朝廷官员在帘内指着他说："这样的粗陋之人也能够参与朝政吗？"那个人的嚣张气焰，引起了在场许多人的愤慨。吕蒙正倒没有理会那个官员，他假装没有听到走了过去。但他的同事却很愤怒，让人询问那位官员的姓名。吕蒙正急忙制止了同事，他说："不值得理会这样的人。"朝事结束后，他的同事心中仍然愤愤不平，后悔没有追问到底。吕蒙正说："一旦知道了他的姓名，那么我也许终生不能再忘了他，还不如不知道。知道了对我来说倒是个负担，还不如忘记了好。孔子提倡要恕人，犯错的是他，不是我，所以没有查询他的姓名，又有什么损失呢？"同事听了，也就不再追究了。知道这事的人都很佩服他。

吕蒙正有个同窗好友叫温仲舒，两人同年中举，在任上温仲舒因犯案被贬多年，吕蒙正当宰相后，怜惜他的才能，就向皇上举荐了他。后来温仲舒为了显示自己，竟常常在皇上面前贬低吕蒙正，甚至在吕蒙正出现失误的时候，还落井下石。有一次，吕蒙正在夸赞温仲舒的才能时，皇上说："你总是夸奖他，可他却常常把你说得一钱不值啊！"吕蒙正笑了笑说："陛下把我安置在这个职位上，就是深知我懂得怎样欣赏别人的才能，并能让他才当其任。至于别人怎么说我，这哪里是我职权之内所管的事呢？"皇上听后大笑不止，从此更加敬重他的为人。

先生点评

正所谓：退一步，海阔天空；忍一时，风平浪静。对于别人的过失，必要的指责无可厚非，但能以博大的胸怀去宽容别人，就会让世界变得更加精彩。

第十二章

朋友在精不在多

人与人之间能成为朋友，总是因其情绪、兴趣、爱好、性格可以相互融合。物以类聚，谨慎地选择朋友，别让那些有可能成为损友的人进入你的生活，让那些有可能成为益友的人带给你明媚的"阳光"。

管鲍之交

管仲，中国春秋时期齐国颍上人，史称管子。春秋时期齐国著名的政治家、军事家。鲍叔牙是鲍敬叔的儿子，颍上人，春秋时代齐国大夫，管仲的好朋友。

管仲家里很穷，又要奉养母亲。鲍叔牙知道了，就找管仲一起做生意。赚了钱以后，管仲分到很多，鲍叔牙却分到很少。人们纷纷议论管仲是个贪财之人，不讲情谊。鲍叔牙知道后，便替管仲辩解说，管仲不是不讲情谊，他家里情况不好，而且要奉养母亲，多拿一点没有关系的。

管仲和鲍叔牙一起去打仗，每次进攻的时候，管仲都躲在最后面，大家都说他是个贪生怕死的人。鲍叔牙听说后，向人们解释说，管仲不是贪生怕死，只是他得留着命回去照顾家中的老母亲啊！

后来，公子诸当上了国君，他每天吃喝玩乐，任意妄为。鲍叔牙和管仲都预感齐国将会发生内乱，就分别带着公子小白和公子纠逃到莒国和鲁国去了。不久，诸被人杀死，管仲想让纠顺利地当上国君，于是便在暗中对付小白，可惜把箭射偏了，小白不仅没死，还当上了齐国的国王，是为齐桓公。

齐桓公即位后，决定封鲍叔牙为宰相，鲍叔牙却对齐桓公说："管仲各方面都比我强，应该请他来当宰相才是！"齐桓公惊讶地说："管仲曾经想要杀我，你居然叫我请他来当宰相？"鲍叔牙却说："这不能怪他，他是为了帮他的主人才这么做的呀！"齐桓公听了鲍叔牙的话，便请管仲回来当宰相，在管仲的辅佐下，齐国迅速强大起来。

管仲在谈到他与鲍叔牙之间的往事时，曾说："我曾和鲍叔牙一起做生意，分钱财，自己多拿，鲍叔牙不认为我贪财，他知道我贫穷；我曾经3次作战，3次逃跑，鲍叔牙不认为我胆怯，他知道我家里有老母亲。生我的是父母，了解我的是鲍叔牙啊！"

管仲在鲍叔牙的坟前说过："生我者父母，知我者鲍叔牙。"管仲一生因为有这样一个知己，显得更加有意义了。

先生点评

"规过劝善"是朋友的真正价值所在，有错误相互纠正，彼此向好的方向勉励，这就是真朋友，但规过劝善，也有一定的限度。朋友的过错要及时指出，"忠告而善道之"，尽心劝勉他，让他改正错误，但实在没有办法时，"不可则止"，就不要再勉强了，否则便会失去朋友。让自己的眼睛多停留在朋友的长处上，这样既勉励了自己，又不至于走进友谊的误区。

义气敦的传说

燕国的左伯桃、羊角哀关系一直不错，听说楚国招纳贤人，两人就结伴去楚国。

他们穿着单薄的衣服来到东刘村时，不幸遇到大雪，而且还有很大的寒风。随身带的食物都已经吃完了，周围还没有什么人，他们又冷又饿，慢慢地，他们慢慢地失去知觉。

等他们再次醒来的时候，天气没有任何变化，还是非常的恶劣，左伯桃担心起来，他想，如果继续走下去，两人不是被冻死，就是会饿死，与其两个人一起死不如让一个人活，于是寻思把自己的东西给羊角哀一人用，这样羊角哀或许还能活下来。

羊角哀也同意左伯桃的话，但两人谁也不肯眼睁睁看着另一个人死掉。他们有很深的情义，都不想为了自己而让对方去死，他们商量了好久都没有下结论，最后分别去睡觉。

第二天醒来，羊角哀发现身上盖着左伯桃的衣服，旁边还放着左伯桃的干粮，却不见左伯桃的踪影，他找了好多地方，还是没有左伯桃的身影。这时在他心里有一种不祥的预兆。

他拼命地找，后来发现，左伯桃已经冻死在附近的一个树洞里。羊角哀大哭道："你是我今生最好的朋友，为了我你可以去死，这份情义我会永远记住的，我会为了你好好地活下去。"然后把树洞封好作了标志后，一边抹泪一边出发。

由于羊角哀很有才华，到了楚国后，羊角哀很受楚王的器重，过了不久，他被封为大将军，即使有今天的成就，他也没有忘记好友左伯桃。

有一天，他把他们的故事告诉了楚王，并请求去拜祭左伯桃，楚王为他们的情义而感动，当即准假。

羊角哀把左伯桃安葬好后，就落宿在附近，夜里听到厮杀声，左伯桃托梦告诉他，附近的荆将军经常欺侮他。天明，羊角哀想去拆荆将军庙，但遭到当地土人的反对。

第二夜，他又听到厮杀声，不忍好友受欺，就自刎前去帮战。当地人很受感动，就把两人的尸首合葬在一处，取名义气墩，世代相传。

先生点评

一个人总不可能跟所有的人生活在一起，因此，他也就不可能为每一个人而活着。若能真正认识到这个真理，人就会极度珍视自己的朋友。获得朋友的唯一办法是自己先成为别人的朋友。那些没有朋友的人，就像是那些身处地狱的人，他们总是羡慕别人的友情，哀叹自己形单影只，却不想想自己是否给别人带去了友谊。

高山流水

春秋时期，楚国有个叫俞伯牙的人，精通音律，琴艺高超，是当时著名的琴师。俞伯牙年轻的时候聪颖好学，拜高人为师，虽琴技高明，但他总觉得自己还不能出神入化地表达对各种事物的感受。伯牙的老师知道他的想法后，就带他乘船到东海的蓬莱岛上，让他欣赏大自然的景色，倾听大海的波涛声。伯牙举目眺望，只见波浪汹涌，浪花飞溅；海鸟翻飞，鸣声入耳；山中树木，郁郁葱葱，如仙境一般。一种奇妙的感觉油然而生，耳边仿佛响起了大自然和谐动听的音乐，伯牙情不自禁地取琴弹奏，音随意转，把大自然的美妙融进了琴声，体验到一种前所未有的境界，从此以后，琴艺精进。不久，老师见他学成，便让他自行离去，俞伯牙遂开始四处游历。

一天晚上，俞伯牙乘船游览。面对清风明月，他思绪万千，心中有所感受，便又弹起琴来。琴声悠扬，渐入佳境，忽听岸上有人叫绝，俞伯牙闻声望去，只见一个樵夫站在岸边。他暗自吃惊，想不到一个樵夫竟有如此高的欣赏能力。他故意弹起赞美高山的曲调，樵夫说道："真好！雄伟而庄重，好像高耸入云的泰山一样！"他又弹奏表现奔腾澎湃的波涛，樵夫又说："真好！宽广浩荡，好像看见滚滚的流水，无边的大海一般！"伯牙兴奋极了，激动地说："知音！你真是我的知音。"互通姓名后，伯牙得知樵夫叫钟子期，喜好音乐。就这样，两人成为挚友，并约好明年中秋在此赏月。

遗憾的是，到第二年中秋，俞伯牙如期而至，谁料想此时已是与好友阴阳两隔，子期已离他而去。俞伯牙到他的坟前祭奠，奏了一首哀伤的曲子后，便将琴摔碎了，发誓从此以后不再弹琴。

先生点评

琴音好弹，知音难觅，这就是为什么在钟子期死后，俞伯牙摔琴不弹的缘故。人是社会性的动物，人的行为在社会上是需要回应的。一个人弹琴弹得好，还得有人能够欣赏，如果没有人能够欣赏，则无异于对牛弹琴。

很多时候，人们需要一个知己，但是，知己是可遇不可求的，因而人们发出了这样的慨叹：人生得一知己，足矣！

负荆请罪

战国时期，赵国有一文一武两个得力的大臣。武将叫廉颇，他英勇善战，多次领兵战胜齐、魏等国，以英勇善战闻名于诸侯。文臣叫蔺相如，他有勇有谋，面对秦王临危不惧，两次出使秦国，第一次使国宝和氏璧得以完璧归赵，第二次是陪同赵王去赴秦王的"渑池之会"，两次都给赵国争回了不少面子，秦王也因此不敢再小看赵国。于是，赵王先封蔺相如为大夫，后封他为上卿，地位在大将廉颇之上。

廉颇对蔺相如很不服气。他想：蔺相如有什么能耐，无非是会耍几下嘴皮子，我廉颇才是真正的功臣呢！他对手下的人说："我要是见到蔺相如，一定要让他尝尝我的厉害，看他能把我怎么样！"

这话传到蔺相如的耳朵里，他便装病不去上朝，避免与廉颇发生冲突。他还吩咐手下的人，以后碰着廉颇的手下，千万要让着点儿，不要和他们争吵。可是冤家路窄，一次，蔺相如出门办事，正碰见廉颇远远地从对面过来，蔺相如就叫马车夫把车子赶到小巷子里，让廉颇的车马先过去。

蔺相如的手下气坏了，纷纷责怪蔺相如胆小，害怕廉颇。蔺相如笑了笑，说："廉颇和秦王哪个厉害呢？"手下说："当然是秦王厉害了。"蔺相如接着说："我连秦王都不怕，还会怕廉颇吗？要知道，秦国现在不敢来打赵国，就是因为国内文官武将一条心。我们两人好比两只老虎，两只老虎要是打起架来，难免有一只要受伤，这就给秦国制造了进攻赵国的好机会。你们想想，国家的事要紧，还是私人的面子要紧？所以，我宁可忍让一点儿。"

这话传到廉颇那里，他感到非常惭愧，于是，他裸着上身，背着荆条，到蔺相如的家里去请罪，蔺相如连忙把廉颇扶起。从此，两人成了最要好的知心朋友，一文一武，共同保卫赵国。

人与人之间相处，难免会有一些磕磕碰碰，朋友之间也会这样。此时，与其斤斤计较，不如学会宽容，原谅对方的过失。这样，不但自己会生活得很快乐，而且会因为宽广的胸怀赢得更多的朋友。

门可罗雀

汉武帝时期，有两位非常正直的大臣，他们是汲黯和郑庄。汲黯，字长孺，濮阳人，景帝时曾任太子洗马，武帝时做过东海太守，后来又任主爵都尉。他为人耿直，办事公道，地方官员便将他一级一级地推荐到上面。

汉武帝初年，匈奴常常来袭，汉武帝决定调集重兵打击匈奴。许多大臣明知当时的国力不足以与匈奴对抗，但又不敢明言。这时，汲黯说出了自己的想法，他说："臣曾听说高祖率三十万大军被匈奴围困于平城，连樊哙都难以突围。现在，陛下勇略不如高祖，将军不如樊哙，这一仗万万不能打啊！"汉武帝听了他的话，心里很不是滋味，便逐渐冷落了他。

郑庄，陈人，景帝时曾任太子舍人，武帝时担任大农令。他一旦遇到有识之士，便会向汉武帝推荐。后来，郑庄的一个下属贪污，他因此被牵连撤职。

他们两人都曾位列九卿，声名显赫，权势高、威望重，上他们家拜访的人络绎不绝，谁都以能与他们结交为荣。但后来，他们丢了官，失去了权势，就再也没人去拜访他们了。

司马迁曾为他们两人合写了一篇传记，在传记中他发出了这样的感慨："像汲黯、郑庄这样的贤人，在朝为官时宾客很多，一旦失势，竟然没有一个人来探望，门外冷落得可以设网捕鸟，真是太可悲了！

世人交友难道只是因为朋友能给自己带来利益吗?"

先生点评

俗话说:患难见真情。患难与共的朋友,才是真正的朋友。人人都愿意锦上添花,能够雪中送炭的人却很少。因此,逆境和困境,往往成为检验朋友的试金石,而那些只会锦上添花、不能雪中送炭的朋友也绝不是真正的朋友。

物以类聚

战国时,齐宣王号召天下贤士来帮助他治理齐国。当时,齐国国内有一个叫淳于髡的学者,他博学多才,能言善辩,是齐国的大夫,有责任向齐宣王推荐人才。他在一天之内就给齐宣王推荐了7个有才能的人。齐宣王在与每个人沟通过后,发现果然个个本领高强。他觉得非常奇怪,就问淳于髡说:"我听说人才是很难得到的,能在方圆千里的范围内找到一位贤人,那么天下的贤人就多得可以肩并肩地排成行站在你面前;在古今上下近百代的范围内能出现一个圣人,那么世上的圣人就多得可以脚跟挨着脚跟地向你走来。先生您在一天之内,就给我推荐了7个贤士,照此下去,贤士不是多得连齐国都容纳不下了吗?"

淳于髡听了,笑笑说:"大王,您要知道,同类的鸟总是栖息、聚集在一起;同类的野兽也总是行走、生活在一起。要找柴胡和桔梗这类药材,如果到低洼潮湿的地方去找,一辈子也不会找到一株,但是如果到山的北面去寻,那就多得可以用车装运了。这是因为万物都是同类相聚的。我淳于髡可算是个贤士吧,我的朋友个个都是德行高尚、才智非凡的人,所以您叫我推荐贤士,就像是到河里打水、用打火石打火一样容易。我周围的贤士多得很,岂止7个人!今后,我还要继续向大王推荐呢!"

先生点评

古人云："审其好恶，则长短可知也；观其交游，则其贤与不肖可察也。"交益友，可以获得一笔超出想象的"财富"；交损友，会为人生带来巨大的灾难。

人与人之间能成为朋友，总是因其情绪、兴趣、爱好、性格可以相互融合。物以类聚，谨慎地选择朋友，别让那些有可能成为损友的人进入你的生活，让那些有可能成为益友的人带给你明媚的"阳光"。

指困相赠

鲁肃，字子敬，临淮东城（今安徽定远）人，是东汉末年东吴的著名军事统帅。他曾为孙权提出鼎足江东的战略规划，因此得到孙权的赏识。

鲁肃出身士族，家产丰厚。他从小就习文练武，时刻准备建功立业。很快，他就成了远近闻名的有识之士。当时，年少有为的周瑜，在袁术手下担任居巢长。他听说鲁肃也是一个少见的人才，便很想结识他。

不久，周瑜便决定去拜访鲁肃。他带着几百名士兵故意从鲁肃家门前经过，顺路去拜访鲁肃。寒暄过后，他对鲁肃说："小弟军中乏粮，不知鲁兄能否资助一些军粮？"

鲁肃看到周瑜仪表堂堂，早有几分敬意，有心与他结交，听他说要借军粮，心想正好做个见面礼吧，便不假思索地一口答应了。他带着周瑜到自己家后院米仓前说："这里有两囷米。每囷有三千石米，小弟随便取一囷好了。"

周瑜听了，非常感动。对鲁肃的慷慨大度和高洁品格十分赞赏。此后，二人往来密切，结成莫逆之交。

后来，袁术也听到了鲁肃的名声，为加强实力，便任命鲁肃为东城的长官。后来，鲁肃发现袁术有诸多不足，认为他成不了大业，便带部下投奔了周瑜，接着二人一起投奔了东吴，归顺孙策。

公元 200 年，孙策死后，年仅 19 岁的孙权开始掌管军政大权。孙策临终时对孙权说："今后，内务请教张昭，用兵请教周瑜。"

周瑜不辱使命，从外地赶回吴郡，辅佐孙权，还对孙权说："张昭有见识，我的能力很差，恐怕辜负你兄的托付。我愿意推荐一个人，一起来帮助你。"

孙权一听，很高兴："你说的是谁?"周瑜说："我认识一个人，名叫鲁肃。他是临淮东城人，很有军事才能，学识渊博，有抱负。"孙权听了，点头称赞并表示同意，就让周瑜把鲁肃请来。从此，周瑜与鲁肃一起成了孙权的左膀右臂。在建立孙吴政权的过程中，他们作出了卓越的贡献。

后来，人们依据上述历史故事概括出"指困相助"这个典故，亦称"鲁肃指困"。用它来称赞慷慨热情地帮助朋友的精神。

先 生 点 评

朋友是春日里的和风，冬季的暖阳。当你成功时，他会为你祝福；当你有困难时，他会给你帮助；当你遇到困扰时，他会聆听你的倾诉。朋友不会锦上添花，但一定能雪中送炭。

朋友不在多，更无须满天下，品质上者最佳。

从棋品看人品

唐朝元和年间，东都洛阳留守名叫吕元应。他酷爱下棋，养有一批共同下棋的门客。吕留守常与门客下棋。谁如果赢了他一盘，出入可配备车马；如赢两盘，可携儿带女来门下投宿就食。

有一日，吕留守在亭院的石桌旁与门客下棋。正在激战犹酣之际，卫士送来一沓公文，要吕留守立即处理。吕元应便拿起笔准备批复。下棋的门客见他低头批文，认为不会注意棋局，迅速地偷换了一子。哪知，门客的这个小动作，吕元应看得一清二楚。他批复完文件后，不动声色地继续与门客下棋，门客最后赢了这盘棋。门客回到住房后，心里一阵欢喜，期望着吕留守提高自己的待遇。

第二天，吕元应携来许多礼品，请这位门客另投门第。其他门客不明其中缘由，很是诧异。

十几年之后，吕留守处于弥留之际，他把儿子、侄子叫到身边，谈起这件下棋的事，说："他偷换了一个棋子，我倒不介意，但由此可见他心迹卑下，不可深交。你们一定要记住这些，交朋友要慎重。"他积多年人生经验，深觉棋品与人品密不可分。

吕留守通过棋品观朋友的人品，既可见其识人的高明，也可以看出他对交朋友这种事十分慎重。

先生点评

朋友不仅是人生路上同行的伙伴，而且是自己的一面镜子，因此选择朋友一定要谨慎。古人云："近朱者赤，近墨者黑。"人的一生如果交上品质好的朋友，不仅可以得到情感的慰藉，而且朋友之间可以互相砥砺，相互扶持，共同面对人生风雨。

胶漆相投

汉朝的时候，有一对很要好的朋友，一个叫雷义；另外一个叫陈重，他俩的感情比亲兄弟还要好。有一次，他们两个人一起参加考试，雷义考上了，陈重却没考上。雷义心想："陈重的学问比我好，居然没有考上，真的是太可惜了！"雷义去找掌管考试的官员说："大人，麻烦您将我的功名转给陈重，他比我优秀呀！"官员当然不理他："功名怎么可以随便转给别人呢？"雷义心里很失望："陈重考不上，那我也不要这个功名了！"雷义于是假装发疯不去做官，被解除了功名。陈重知道雷义为自己放弃了做官的机会，非常感动，又非常惭愧。他们约定：一定好好准备下一次考试，争取两人都能金榜题名。

过了几年，雷义和陈重又一起去参加考试，这一次，他们两个都考上了，还很幸运地被派往同一个地方做事。雷义高兴地对陈重说："陈兄，以后又要麻烦你多照顾了。"陈重说："雷兄，你说笑了，都是你在照顾我呀！"两个人很开心能在一起共事，感情变得更好了。

大家看到他们感情这么好，都说："胶和漆凝聚在一起很坚固，不过还是比不上雷义和陈重的深厚友谊呀！"

后来，人们就用"胶漆相投"形容好朋友间的深厚友情，就像胶和漆聚合在一起那么坚固！

先生点评

所谓挚友，就是比自己的亲属还要亲密的朋友。一个人在社会中，如果没有朋友，没有他人的帮助，他的境况会十分糟糕。如果失去了他人的帮助，任何事业都无从谈起。

白头如新

邹阳是西汉时期很有名望的文学家。汉文帝时，邹阳是吴王刘濞的门客，以文辩闻名于世。吴王阴谋叛乱，邹阳上书谏止，吴王不听，邹阳与枚乘、严忌等离开吴王。

邹阳听说梁孝王礼贤下士，就到梁国游学，并上书给梁孝王，纵谈天下大事，以展示自己的才华。羊胜和公孙诡都是邹阳的朋友，他们也都是有才之人，但是羊胜等人嫉妒邹阳的才华，不希望邹阳出人头地，几次在梁孝王面前说他的坏话，梁孝王信以为真，下令将邹阳关进监牢，准备处死。

邹阳十分激愤，他不甘心就这样被人陷害，于是，他在狱中给梁孝王写了一封信，列举事实说明：待人真诚就不会被人怀疑，看似是真理，但事实上纯粹是一句空话。他写道："荆轲冒死为燕太子丹去行刺秦始皇，为燕国报仇，这本是对燕国有利的一件大事，可太子丹还一度怀疑他胆小畏惧，不敢立即出发；卞和将宝玉献给楚王，楚王却怀疑那是假的和氏璧，硬说他犯了欺君之罪，下令砍掉他的双脚；李斯尽力辅佐秦始皇执政，使秦国富强，结果却被秦二世处死。这些例子说明，待人真诚不一定就会换来别人的真诚对待。俗话说：'有白头如新，倾盖如故。'意思是：双方互不了解，即使交往一辈子，头发都白了，也还是像刚认识一样；真正相互了解，即使是初交，也会像老朋友一样。相知与否，不在于相处时间的长短。"

梁孝王读了邹阳的信后，很受感动，立即将他释放，并作为贵宾接待。

先生点评

情义是一种不能完全用理智去对待的情感。两个人之间的情义，与地位无关，与年龄无关，与时间亦无关。有些人，你即使与他相处一生，他也无法了解你内心深处的想法；但有些人，你们即使只是初相遇，他也已经可以看出你心底最深处的渴望。

朋友关系也好，君臣关系也罢，只要以诚相待，定会换来一颗真心。

管宁割席

管宁和华歆在年轻的时候，是一对非常要好的朋友。他俩整天形影不离，同桌吃饭、同榻读书、同床睡觉，相处得很和谐。

有一次，他俩在菜地里锄草。忽然，管宁一锄下去，碰到了一个硬东西。管宁很奇怪，将锄到的大片泥土翻了过来。只见黑黝黝的泥土中有一个黄澄澄的东西在发光，原来是块黄金。他就自言自语地说："我当是什么硬东西呢，原来是锭金子。"

"什么？金子！"华歆听到这话，赶紧丢下锄头奔了过来，拾起金块捧在手里仔细端详。

管宁见状，一边挥舞着手里的锄头干活，一边责备华歆说："钱财应靠自己的劳动获得，一个有道德的人怎能贪图不劳而获的财物呢？"

华歆听了，口里说"这个道理我也懂"，手里却还捧着金子，左看看，右看看，舍不得放下。后来，他被管宁的目光盯得受不了，才不情愿地丢下金子回去干活。

又有一次，他们两人坐在一张席子上读书。正看得入神，忽然外面传来一片鼓乐之声，于是，他们起身走到窗前想看看究竟发生了什么事。

原来是一位达官显贵乘车从这里经过，一大队随从佩带着武器，穿着统一的服装前呼后拥地保卫着车子，威风凛凛。管宁对这些毫不在意，又回到原处捧起书专心地读起来。

华歆却不是这样，他完全被这种豪华的排场吸引住了。他嫌在屋里看不清楚，扔下书，急急忙忙地跑到街上跟着人群，尾随车队细看。

管宁目睹华歆的所作所为，再也抑制不住心中的失望。他想："真正的朋友，应该建立在共同的思想基础和奋斗目标上。没有内在精神的默契，只有表面上的亲热，这样的朋友是毫无意义的。"等华歆回来以后，管宁就拿出刀子当着他的面把席子割成两半，痛心地宣布："我们两人的志向和情趣太不一样了。从今以后，我们就像这被割开的草席一样，再也不是朋友。"

先生点评

朋友相交，需要志趣相投；发现朋友的缺点，需要智慧；和朋友割席断交需要的则是勇气。与其明知交错了朋友，有心断了来往，却又顾及面子，最终把自己置于两难的境地，还不如像管宁一样割席断交。

第十三章

君子当以谦逊为本

谦卑做人是一种品质，以一颗平和的心看待暂时的成功，而一个人能否赢得人们的尊敬不是摆架子摆出来的，而是靠个人的修养、品质和出色的能力换来的，真正有品质、业绩和成就的人，绝不会刻意追求架子。

刘邦谦受益

　　刘邦是西汉王朝的建立者，被称为汉高祖，在历史上留下了礼贤下士的美名。

　　刘邦率兵驻扎高阳的某一天，他召见重臣郦食其（yì）。当郦食其急匆匆地来到刘邦的住所时，刘邦正惬意地靠床坐着，由两个侍女给他洗脚。已经60多岁的郦食其见刘邦对自己这样轻慢，心里很不高兴，只微微拱手为礼，并不下跪，说："大王，你是想帮助秦国进攻诸侯呢，还是想率领诸侯攻打秦国？"刘邦见郦食其不行大礼，还提出这样的问题，不禁大怒。郦食其正色说道："大王既然决心聚合人马，联合义军讨伐强秦，就不应该如此轻慢长者。"刘邦听郦食其这样一说，心中一震，感到自己确实不应该这副模样接见贤者。于是，急忙揩脚穿鞋，正衣整冠，从床上起来，屏退侍女，恭恭敬敬地请郦食其上坐，感谢他的提醒。

　　刘邦能改正自己的错误，这种谦虚的品德，不但赢得了郦食其的尊重，而且赢得了许多人的敬佩，因此，在他周围聚集了大批的人才，如张良、萧何、韩信等。正是在这些人的帮助下，刘邦才得以成就帝业。

　　反观刘邦的对手项羽，尽管有"力拔山兮气盖世"的英雄气概，势力也远远大于刘邦，但他骄傲自大，刚愎自用，事事但凭一己之勇，不肯听从部下的意见，以致许多有才能的人如陈平、韩信、英布等，都离楚归汉，甚至连他唯一的谋臣范增也被逼走，最终落得个四面楚歌，兵败垓下，自刎而死，连尸首也被人分成5份用以邀功的悲惨下场。

先生点评

海纳百川，有容乃大。海成其大的最根本原因，恐怕也在于它始终处在最低处，陆地上的江河流水才能顺势流向海洋。大海本在最低处，而我们每个人，也只有改变向下看的视角，抬头仰望峰顶，才能攀上更高的山峰。

屈瑕之死

公元前701年春，楚国掌管军政的莫敖（一种官职）屈瑕（人名）由于采纳了将军斗廉的建议，在一场战争中大获全胜。屈瑕本是个看重外表，且无自知之明的人，有了这次胜利，就骄傲起来，自以为是常胜将军，任何敌人都不放在眼里。过了两年，楚王派屈瑕率军攻打罗国。出师那天，屈瑕全副武装，威风凛凛。

大夫伯比送走屈瑕的大军返回的时候，对给他驾车的人说："我估计屈瑕这次出征一定要吃败仗，你看他走路的时候脚抬得那么高，一副神气十足的样子，还能冷静地、正确地指挥作战吗？只怕早就自以为稳操胜券，不怎么重视敌人了。"

伯比越想越不妥，就去求见楚王，建议楚王给屈瑕增加军队，但楚王没有采纳伯比的建议。回宫后，楚王无意中将伯比担心屈瑕的事告诉了他的夫人邓曼。邓曼是一个非常聪明的女子，她听了楚王的话，认为伯比说得很有道理，也建议楚王赶紧派兵去援助，否则就来不及了。

楚王听了夫人邓曼的话，恍然大悟，立即下令增派部队前去支援，但是已经晚了。屈瑕到了前线，不可一世，武断专横到了极点，听不进去别人的意见，认为自己战争经验很足，而且常打胜仗，不会有问题。楚军来到罗国都城时，对方早就整军待战，而屈瑕则一点戒备之心也没有，结果遭到两面夹攻，楚军死伤惨重，屈瑕也因战败而自杀身亡了。

先生点评

明人陆绍珩说："人心都是好胜的，我也以好胜之心应对对方，事情非失败不可。人都是喜欢对方谦和的，我以谦和的态度对待别人，就能把事情处理好。"做人一定要谦虚，只有这样，才能使自己得到更大利益，获得更大成功。

夜郎自大

西汉时期，西南方有个名叫夜郎的国家，它国土很小，百姓也不多，物产更是少得可怜。但是与邻近地区的国家相比，夜郎这个国家是最大的。因此，从没离开过自己国家的夜郎国王就以为自己统治的国家是全天下最大的国家。

一天，夜郎国王与部下巡视国境的时候，他指着前方问："这里哪个国家最大呀？"部下为了迎合国王的心意，说："当然是夜郎国最大了！"过了一会儿，他又抬起头来，望着前方的高山问："天底下还有比这座山更高的山吗？"部下回答说："当然没有了。"接着，他们来到河边，国王说："我认为这是世界上最长的河了。"部下异口同声地说："一点都没错。"从此以后，无知的国王就更相信夜郎是天底下最大的国家。

有一次，汉朝派使者去夜郎国，先经过夜郎的邻国滇国，滇王问使者："汉朝和我的国家比起来哪个大？"使者吓了一跳，他没想到这样一个小国家，竟然自以为能与汉朝相比。使者到了夜郎国，骄傲、无知的国王竟然也不知天高地厚地问使者："汉朝和我的国家哪个大？"使者心想，夜郎的地盘还不及汉朝的一个郡大，怎么会提出这样的问题呢？于是，使者向夜郎国王介绍了汉朝的情况，但夜郎国的人说什么都不相信。

后来，人们把这些传说概括为成语"夜郎自大"，用来形容那些盲目骄傲自满，不知道谦虚谨慎的人。

先生点评

狂妄自大的人通常会过高地、不切实际地评估自己的能力，以致失去自知。他们认为自己是无所不知、无所不能的，往往在失败之后也无法认识到自己的自不量力。但是自大的人最终会付出惨重的代价。因而，只有告别自大，从孤芳自赏中清醒过来，才能开创人生辉煌。

卫青虚己待人

汉武帝时，卫青的姐姐卫子夫深受汉武帝的宠爱，卫青也因此被任命为大将军，封长平侯，率大兵攻打匈奴。

在此之前，右将军苏建在与匈奴作战中全军覆没，他单身逃回，按军律当斩。卫青问长史、议郎等属官："应当如何处置苏建？"议郎周霸说："大将军出兵以来，从未斩过一人，如今苏建弃军逃回，正可斩苏建的头来立大将军您之威。"卫青说："我因是皇上的亲戚而带兵出塞，并不怕立不起军法的威严，你劝说我杀人立威，就失掉了做臣子的本分。我的权限虽可以斩杀大将，然而我把专杀大将的权力还给皇上，让皇上来决定是否诛杀，我虽在境外，受皇上厚爱，却不敢专权杀将，这不是更好吗？"属官们都钦佩地说："大将军高见，属下等万万不及。"

卫青派人把苏建押回长安听候皇帝发落，汉武帝怜惜其才，并未杀他，让他出钱赎罪，而且对卫青的处置大为满意。

为了表达对卫青的器重，汉武帝下令群臣见到卫青都要行跪拜礼，显示大将军的尊贵。群臣都不敢抗旨，见到卫青无不匍匐礼拜。只有主爵都尉汲黯见到卫青，依然行平揖礼，有人好意劝汲黯："对大将军行跪拜礼是皇上的意思，您这样做不怕皇上恼怒吗？"

汲黯昂然道："跪拜大将军的多了，多我一个不多，少我一个不少。难道说大将军有一个平礼相交的朋友，就不尊贵了吗？"卫青听说后，非常高兴，登门拜访汲黯，谦虚地说："久仰大人威名，一直没有机会和大人结交，现在有幸承蒙大人看得起，请把我当作您的朋友吧。"

汲黯见他态度诚恳，不以富贵骄人，便破例交了这个朋友。卫青以后凡有疑难问题，都虚心向汲黯请教。汉武帝很欣赏卫青的谦逊，就不计较汲黯的抗旨了。

先生点评

谦卑做人是一种品质，以一颗平和的心看待暂时的成功，而一个人能否赢得人们的尊敬不是摆架子摆出来的，而是靠个人的修养、品质和出色的能力换来的，真正有品质、业绩和成就的人，绝不会刻意追求架子。

文王渭水屈身访贤

周文王是商末诸侯之首，他很善于招纳人才。

有一天晚上，他做了一个梦，梦见自己到天帝面前去求人才，天帝没有说话，却从其身后跑出一只带翅膀的黑熊，此熊十分威武，连飞带跑地到了他的面前，向他侃侃而谈兴国之道，治国之策。

第二天，文王决定要到郊外去打猎，便让人占卜一卦，看看此行是否会有收获。这些人知道文王求贤若渴，占卜前就听到文王谈起他昨晚的梦，便高兴地对文王说："此次有好兆头，此次打猎必有收获。"

文王等人信步来到渭水边，看见一个老人端坐在渭水边垂钓。此人长须飘拂，仪态安详怡然。文王觉得此人形象和梦里的飞熊形象有许多相似之处，见他一本正经，目不斜视地垂钓，走到近旁也不敢惊动。

过了一会儿，老人把渔竿向上一提，没见提上鱼来，却见尾端系着一个直钩，文王情不自禁地说："直钩钓鱼能钓上来吗？"老人慢条斯理地说："我做事从不强求，愿者上钩。"文王见此人见识不凡，便上前深施一礼，并问起他的姓名。在交谈中文王才知道他姓姜名尚，又名子牙，人称姜子牙。此人曾在商都朝歌屠牛卖肉，又在各处卖酒，一直穷困潦倒，连妻子也离他而另嫁他人，年过花甲仍无用武之地。

他听说文王礼贤下士，就来投奔，但无人引见，只好天天在渭水边钓鱼，等待时机。文王见他谈吐不凡，于是虚心地对他说："当年我的先祖太公曾说过，将来一定会有圣人来到我们这里，帮助我们兴旺发达。先生恐怕就是那位圣人吧？我们盼望您很久了。"

于是姜子牙随文王回国都，尽心辅佐周文王和周武王。文王渭水屈身访贤的故事传遍全国，许多有本事的人知道文王礼贤下士，纷纷前来归附。

先生点评

伟人在高处还能够弯腰，恰恰证明了他的伟大。在他人面前将自己的姿态放得越低，越能赢得他人的敬重。我们都应该记住这样一个道理：君子当以谦逊为本。

信陵君礼贤下士

魏公子无忌是魏昭王的小儿子，昭王去世后，公子无忌被封为信陵君。他为人仁爱宽厚，礼贤下士，不论士人才能如何，公子在与他们的交往中都能做到谦恭有礼，没有半点傲慢之色。因此，天下有理想抱负的人争相归附，公子的门客多达三千之众。

魏国有位名叫侯嬴的人，年逾70，家境贫寒，是魏国都城正门的守门人。公子听说他德高望重想用厚礼结交，侯嬴推辞说："我几十年重视操守品行，终究不会因为贫困而接受公子的钱财。"之后，公子大宴宾客，等众宾客就座之后，公子带着车马，空出左边的座位，亲自去迎接夷门的侯嬴。看到公子如此盛情而郑重，侯嬴没有谦让，立即登上马车就座，想以此来观察公子。只见公子手执辔头，神态愈加恭敬。侯嬴对公子说："我有个朋友在街市的肉铺里，希望能够顺路拜访他。"侯嬴见到朋友肉铺的朱亥之后，故意站着与朋友闲谈，暗中观察公子的神态，发现公子不仅没有不耐烦或嫌弃菜市肉铺这种地方，他的脸色更加温和。侯嬴观察到公子的神情始终没有贵族子弟的傲慢，也没有年轻人浮躁的神气，于是与朋友朱亥一同成了公子的朋友。

长平一战之后，秦昭王遣将直逼赵国都城邯郸。赵国势如危卵，向魏国求救，魏王害怕秦国的强大实力，不敢派兵增援。赵国的平原君是公子的姐夫，况且唇亡则齿寒，秦国攻打完赵国，下一个目标就可能是魏国了，考虑到其中的利害关系，公子决定救援赵国。但是魏王始终不答应出兵增援，这时守门人侯嬴出计相救，于是在侯嬴的设计下以及朱亥的帮助下，公子窃取兵符，调动魏师，帮助赵国化解了危难。但魏公子为救赵国盗取兵符的做法得罪了魏王，过了几年他才得到魏王的谅解。他重新回到魏国，竭尽所能地辅佐魏王。

魏公子谦逊有礼，对身边人总是以礼相待，声威远播天下，来自各诸侯国的宾客络绎不绝。因为门下宾客众多，而且多有贤能之士，所以在连续十几年间，各诸侯国都不敢兴兵谋犯魏国。

先 生 点 评

正如韩愈的《师说》中所言："闻道有先后，术业有专攻，如是而已。"因此，在与人交往的时候不应该骄傲自大，而应用一颗谦虚的心向他人学习，这样的人一定会赢得他人的敬重。

子房取履

一日，张良在沂水圯桥头散步，与一个身穿粗布短袍的老翁不期而遇。就在两人擦身而过的时候，这个老翁故意把自己的鞋子丢到桥下，然后要求张良帮忙捡上来。张良见此老翁行为古怪，明显有耍人的意思，但还是帮他把鞋捡了上来。当张良把鞋子递给老翁时，老翁却抬起脚，命张良给自己穿上，此时的张良已经是怒火中烧，但也不好向一个老翁发作，只好强忍着怒气，屈下膝帮老翁把鞋穿好。

穿好鞋后，老翁没有言谢，当即扬长而去，只留下来反应不及、呆立在原地的张良。老翁走出一段路之后又折回沂水圯桥，对错愕不已的张良说："孺子可教矣。"并与张良做好约定，5日后两人在这个地方相会。张良不知老翁用意，但还是答应了。

5天后，在鸡鸣时分张良匆匆赶到约定的地点，没想到老翁故意提前来到桥上，这时候已经在桥头等着，见张良晚到，便斥责道："你为什么来得这么晚，居然让一个老翁等你，你心里过意得去吗？5天后再来吧。"说完后便离去。5天后的第二次约会，张良还是比老翁晚到一步，老人以同样的理由离开，便约定第三次相会。上了两次当的张良，决定半夜时候就在桥上等着老翁，没多久，老翁也来了。见到已经在等候的张良，老翁高兴地说："就应该这样才对。"然后取出一本书给张良，并说："精通此书可以成为君王的老师。10年后，天下战事兴起，你13年后可以来济北见我，谷城山下叫黄石公的人就是我。"

在得到老人传书之后，张良日夜习读，练得一身韬略。10年后，陈胜吴广揭竿而起，张良趁着大势也聚集了100多人反抗暴秦。之后，张良投奔刘邦，并助其夺得天下，成为开国功臣，被刘邦封为"留侯"。

先生点评

俗话说："火要空心,人要虚心。"因为虚心能使一个人保持冷静的头脑和敏锐的思维。所以,在人生的每一道关口,我们都要虚心向别人请教,学习别人的长处,不断吸收精华,去除自身的糟粕;在春风得意的时候不骄傲,在遇到挫折的时候不气馁,虚心学习,找出自己失败的原因,继续努力。

恃才傲物的杨修

三国时著名才子杨修是曹营的主簿,他思维敏捷,聪颖过人,但是最终却因为恃才傲物、不懂得谦虚而招来杀身之祸。

曹操曾造花园一所,造成后曹操去观看时,不置褒贬,只取笔在门上写了一个"活"字。杨修说:"'门'内添活字,乃阔字也。丞相嫌园门阔耳。"于是翻修。曹操再看后很高兴,但当知是杨修解释其义后,内心便对杨修有所忌讳了。

又有一日,塞北送来酥饼一盒,曹操写"一盒酥"3字于盒上,放在台上。杨修入内看见,竟取来与众人分食。曹操问为何这样?杨修答说:"你明明写'一人一口酥'嘛,我们岂敢违背你的命令?"曹操虽然笑了,内心却十分厌恶。

曹操怕人暗杀他,常吩咐手下的人说,他好做杀人的梦,凡他睡着时不要靠近他。一日他睡午觉,把被蹬落地上,有一近侍慌忙拾起给他盖上,曹操跃起来拔剑杀了近侍。大家告诉他实情,他痛哭一场,命厚葬之。因此众人都以为曹操梦中杀人,只有杨修知曹操的心,于是便一语道破天机。

后来,刘备亲自打汉中,惊动了许昌,曹操也率领40万大军迎战。曹刘两军在汉水一带对峙,曹操屯兵日久,进退两难,适逢厨师端来鸡汤。见碗底有鸡肋，有感于怀，正沉吟间，曹操属下大将入帐禀请夜间号令。

曹操随口说："鸡肋！鸡肋！"

人们便把这作为号令传了出去。行军主簿杨修即叫随行军士收拾行装，准备归程。曹操那名大将很惊讶，就请杨修至帐中细问。

杨修解释说："鸡肋者，食之无肉，弃之有味。今进不能胜，退恐人笑，在此无益，来日魏王必班师矣。"

这个大将听了也很信服，营中诸将纷纷打点行李。曹操知道后，怒斥杨修造谣惑众，扰乱军心，便把杨修给斩了。

凡此种种，皆是杨修因为恃才自傲犯着了曹操。杨修之死，植根于他过于显露自己的聪明才智，不知道适当谦虚所致。

先生点评

"凡有聪明而好露者，皆足以杀其身也。"杨修因为太想显示自己的聪明才智，却招致杀身之祸。为人处世，我们要把握好能力和谦虚之间的尺度，不可过分显示自己的聪明，因为没有人喜欢跟爱出风头、锋芒毕露的人交往。

从善如流的栾书

栾书是春秋时期晋国的上卿，因屡获军功，升任中军元帅。他虽位高权重，却不是一意孤行的人。遇事总会听取别人的建议，认为对的就遵照着去做。公元前585年，楚国派数万精锐军队进攻郑国，郑国不敌，只好向晋国求救。晋景公派栾书率军前往救郑，栾书的军队刚到郑国境内，就遇上了楚军。楚军见晋军来势汹汹，就退兵回国了。

栾书不想就此撤兵，便去进攻与楚国结盟的蔡国。力量弱小的蔡国见晋国来犯，连忙派使者向楚国求救。楚国本不想与晋国正面交战，但蔡国来求救，很明显此战已经避无可避了。于是，楚王派公子申和公子成带领军队前去救援。

晋国大将赵同和赵括向栾书请战，准备率军攻打前来援救的楚军，栾书同意了。这时，栾书的部下知庄子、范文子、韩献子建议说，楚军本来已经退回去了，现在又折回来，一定是有备而来的，千万不可大意。此战如果获胜了，也只不过是打败楚军，并没有什么值得高兴的；但是如果失败，就一定会令人感到耻辱。权衡利弊，这一战还是不打得好，不如收兵回国。

栾书觉得他们说得有理，便下令撤军回国，但军中仍然有很多人想与楚军决一胜负，就跟他说："有时贤人与多数人的想法是不一样的。我们认为只要用心去做，事情就能成功。只有3个人不主张开战，说明想打的人还是占多数的，您为什么不按多数人的想法行事呢？"栾书回答说："知庄子他们3个是晋国的贤人，他们所提的意见正确，能代表大多数人，我就采纳他们的意见。"于是，栾书下令撤兵回国。

两年之后，栾书率兵攻占了蔡国，接着想去攻打楚国。知庄子、范文子、韩献子等人分析了当时的具体情况以后，建议栾书先去侵袭沈国。栾书觉得他们的建议正确合理，便去攻打沈国，最后取得了战争的胜利。

栾书能正确听取部下的意见，人们便称赞他："能听从好的、正确的意见，就像流水一样迅速。"

先生点评

谦逊是为人处世最基本的准则，只有保持谦逊，我们才可能有相互学习的机会，因为，谦逊使我们相互之间敞开心扉，并使我们能够从他人的角度看待事物；只有保持谦逊，我们才可能坦诚地与他人交换意见；只有保持谦逊，我们才可能避免犯下傲慢与褊狭的罪恶。

第十四章

宝剑锋从磨砺出，梅花香自苦寒来

> "读书莫畏难，苦尽才有甘来。"读书是一件苦累颇多的事情，但是，即使条件艰苦，也不能动摇学习的意志。只有克服种种困难，才能成才。

囊萤映雪

车胤，字武子，晋南平（今安乡、津市一带）人。车胤自幼好学不倦，可是由于家庭贫困，没有钱买灯油在晚上读书。因此，到了晚上，他只能背诵白天读过的诗文。

一个夏夜，他在屋外诵书，忽然看到原野里星星一般的萤火虫在空中飞舞。他突发奇想：萤火虫的光亮在黑夜里不正如灯一样吗？如果能捉到足够的萤火虫，那我就能够彻夜苦读了！想到这儿，他立即找来了白绢扎成一个小口袋，并抓了几十只萤火虫放在里面。把装了萤火虫的白绢放在屋子里，果然亮了不少。就这样，靠着萤火虫发出来的亮光，他经常读书到深夜。

车胤就这样用功苦读，终于成了一个很有学问的人，做过吴兴太守、辅国将军、户部尚书等。

同朝代的孙康情况也是如此。由于没钱买灯油，晚上不能看书，只能早早睡觉，他觉得让时间这样白白溜掉，非常可惜。

一天半夜，他从睡梦中醒来，把头侧向窗户时，发现从窗缝透进一丝光亮。原来，那是大雪映出来的，他立即想到可以利用它来看书。于是他倦意顿失，穿好衣服，取出书籍，来到屋外。宽阔的大地上映出的雪光，比屋里要亮多了。孙康不顾寒冷，在雪地里看起书来，手脚冻僵了，就起身跑一跑，同时搓搓手指。此后，每逢有雪的晚上，他都不放过机会，孜孜不倦地读书。这种苦学的精神，使他的学识突飞猛进，他也成为饱学之士，还在朝廷担任重要官职。

先生点评

"读书莫畏难，苦尽才有甘来。"读书是一件苦累颇多的事情，但是，即使条件艰苦，也不能动摇学习的意志。只有克服种种困难，才能成才。

闻鸡起舞

　　西晋时期，统治阶级极其腐败，北方匈奴趁机入侵，消灭了晋军主力，攻陷了晋都洛阳，俘虏了晋愍帝。匈奴对晋愍帝百般羞辱，叫晋愍帝身穿奴才的服装，宴会时为匈奴贵族端茶倒酒，打猎时命令他充当猎犬，在马队前奔跑，追捕猎物。晋愍帝受尽匈奴的奚落与侮辱，最后还是被匈奴杀了。皇帝的命运尚且如此，普通百姓的痛苦就可想而知了！

　　国家的危难激起了许多仁人志士的爱国热情，祖逖便是其中很有名的一个。祖逖，字士稚，小时候不爱读书，青年以后，意识到自己知识的贫乏，于是发奋读书。他与好友刘琨都对国家的现状深感忧虑，两人感情深厚，加上有共同的远大理想，常常谈话到深夜，便同床而卧，同被而眠。

　　一天，两人睡得正香，一阵鸡叫声把祖逖惊醒了，他把刘琨叫醒，对他说："别人都认为半夜听见鸡叫不吉利，我偏不这样想，咱们干脆以后听见鸡叫就起床练剑如何？"刘琨欣然同意，于是每天鸡叫后，他们便在皎洁的月光下，起床练剑，直到皓月西沉、东方发白才收剑回屋。春去冬来，从不间断。

　　功夫不负有心人，经过长期的刻苦学习和练习，他们终于成为能文能武的全才，既能写得一手好文章，又能带兵打仗。祖逖被封为镇西将军，刘琨做了征北中郎将，兼管并、冀、幽三州的军事，两人都实现了报效国家的愿望。

先生点评

　　正是勤奋与坚持不懈，使平凡的祖逖和刘琨成为威名远扬的将军。每个人都渴望成功，都希望好运降临到自己身上。事实上，只要你足够勤奋，成功的大门就会永远为你敞开。

牛角挂书

　　李密，隋末辽东人，少年时候在隋炀帝的宫廷里当侍卫。他生性好动，值班时左顾右盼，被隋炀帝发现。隋炀帝认为这孩子不大老实，就免了他的差使。李密并不懊丧，回家以后，发奋读书，决定做个有学问的人。

　　李密非常好学，总是抓住每一分每一秒去学习。他很喜欢读兵法和历史方面的书籍，很多书都熟读成诵。有一回，李密骑着一头牛，出门看望朋友。他想在路上看会儿书，但是手拿书太不方便，于是他想到一个主意，把《汉书》挂在牛角上，这样他可以一边看书；一边走路。

　　他半路上正好碰到越国公杨素，杨素见这小伙子如此好学，很是吃惊，便跟上前问道："你是哪儿的书生，学习这样用功，连走路都看书。"

　　李密认识杨素，赶紧下牛拜见。杨素又问他读的什么书，李密说："《项羽传》。"此后，两人便深入交谈起来。交谈中，杨素发现李密真是个人才，他不仅知识渊博，而且对当今的形势分析得也非常透彻。

　　杨素回家以后，对儿子杨玄感说："我看李密的学识、才能和气度，比你们兄弟几个强得多，你们应该向他学习。"于是，杨玄感结交了李密，他俩成为好朋友。

　　李密勤奋学习，从书中学到不少行军打仗的知识。后来，他当上了隋末农民军——瓦岗军的领袖，成为历史上赫赫有名的武将。

先生点评

一个人的进取与成才，环境、机遇等外部因素固然重要，但更重要的是自身的勤奋与努力。没有自身的勤奋，就算是天资奇佳的雄鹰也只能空振双翅。成功不能单纯依靠能力和智慧，更要靠每一个人自身孜孜不倦地勤奋努力。

韦编三绝

孔子是我国古代著名的思想家和教育家，他创立的儒家学派对后世影响很大。孔子之所以能创立儒家学派，得益于他的勤学。

春秋时，书主要是以竹子为材料制成的：把竹子劈成一根根竹签，称为"竹简"，用火烘干后在上面写字。竹简有一定的长度和宽度，一根竹简只能写一行字，多则几十个，少则八九个，一部书因此要用许多竹简，而这些竹简必须用牢固的绳子之类的东西编起来才能阅读。像《周易》这样的书，是由许许多多竹简编起来的，因此有相当的重量。

孔子到了晚年，花了很大的精力，把《周易》全部读了一遍，基本上了解了它的内容。不久，又读第二遍，掌握了它的基本要点。接着，他又读第三遍，对其中的精神、实质有了透彻的理解。在这以后，为了深入研究这部书；又为了给弟子讲解，他不知翻阅了多少遍。这样读来读去，把编连竹简的牛皮绳也给磨断了，不得不换上新的再用。

就这样，一连换了多次牛皮绳，孔子才把《周易》研究透。而即使读书读到了这样的地步，孔子还谦虚地说："假如让我多活几年，我就可以完全掌握《周易》的文与质了。"

孔子不仅以身作则，给自己的学生树立了最好的榜样，而且还利用各种机会告诉学生"好学"的重要性，最终成为桃李满天下的大教育家。

先生点评

只有勤奋才能有所收获的道理每一个人都懂，却不是每一个人都能做到的，而那些真正能做到的人，就能获得成功。

划粥割齑

北宋名臣范仲淹是一位非常杰出的政治家、文学家。从小读书就十分勤奋刻苦，为了做到心无旁骛、一心专注于读书的范仲淹到附近长白山上的醴泉寺寄宿苦读。对于各类儒家经典是终日咏诵不止，不曾有片刻松弛懈怠。

这时候的范仲淹家境并不是很差，但为了勤奋治学，范仲淹勤俭以明志。每天煮好一锅粥，等凉了以后把这锅粥划成若干块，（按当时的条件，估计这种"划粥"的行为只能在冬天进行）然后把咸菜切成碎末。咸菜碎末就着粥块，范仲淹用"划粥割齑"优哉度日。这种勤奋刻苦的治学生活差不多持续了3年，附近的书籍已渐渐不能满足范仲淹日益强大的求知欲了。于是范仲淹在家中收拾了几样简单的衣物，佩上琴剑，毅然辞别母亲，踏上了求学之路。

宋真宗大中祥符四年（1011年），23岁的范仲淹来到睢阳应天府书院（今河南商丘）。应天府书院是宋代著名的四大书院之一，书院共有校舍150间，藏书几千卷。在这里范仲淹如鱼得水，他用一贯的勤俭刻苦作风向学问的更高峰攀登。

一天，范仲淹正在吃饭，他的同窗好友（南京最高长官、南京留守的儿子）过来拜访他。发现他的饮食条件非常不乐观，出于同窗兼同乡之情，就让人送了些美味佳肴过来。过了几天，这位朋友又来拜访范仲淹，他非常吃惊地发现，他上次让人送来的鸡鸭鱼肉之类的美味佳肴都变质发霉了，范仲淹却连筷子都没动一下。他的朋友有些不高兴地说："希文兄（范仲淹的字，古人称字，不称名，以示尊重），你也太清高了，一点吃的东西你都不肯接受，岂不让朋友太伤心了！"范仲淹笑着解释说："老兄误解了，我不是不吃，而是不敢吃。我担心自己吃了鱼肉之后，咽不下去粥和咸菜。你的好意我心领了，你可千万别生气。"朋友听了范仲淹的话，顿时肃然起敬。

范仲淹凭着这股勤奋刻苦的劲头，博览群书，在担任陕西西路安抚使期间，指挥过多次战役，成功抵御了西夏的入侵，使当地人民的生活得以安定。西夏军官以"小范老子（指范仲淹）胸中有数万甲兵"互相告诫，足以看出西夏人对范仲淹的忌惮与敬畏之心，这在军事实力孱弱的北宋历史上是罕见的。

先 生 点 评

"宝剑锋从磨砺出，梅花香自苦寒来。"这句话在成功者身上可以得到充分的展示和体现。成功没有捷径，只能靠刻苦努力，没有吃苦耐劳的精神，就永远无法抵达成功的彼岸。

悬梁刺股

战国时期，有一个人名叫苏秦，字季子，是当时有名的政治家。他年轻时，曾与张仪一起师从鬼谷子学习兵法。学成之后，他到各国去游说，希望各国的君主可以采纳他的政治主张，但始终一无所获。最后，他的钱全都花光了，只能回家。

回家后，家人对他很冷淡，连嫂子都瞧不起他，邻居们也在暗地里嘲笑他，这对他的刺激很大。于是，他下定决心发奋读书，不达目的誓不罢休。从此，他闭门不出，埋头苦读，常常读书到深夜。有时疲倦得直打盹、想睡觉，他就用冷水冲醒自己。但是，到后来冷水也没有什么用了，于是他想出了另一个方法，准备一把锥子，一打瞌睡，就用锥子往自己的大腿上刺。这样，他从猛然间的疼痛中清醒了，再坚持读书。

几年苦读之后，他掌握了丰富的知识，再次游说时大获成功，最后终于成为声望颇高的大纵横家。

东汉时期，也有一位像苏秦一样勤学苦读的人，他叫孙敬，字文宝，是当时著名的政治家。开始由于知识浅薄得不到重用，于是，他下决心认真钻研，经常关起门独自一人如饥似渴地读书。他每天从早到晚读书，常常废寝忘食。读书时间长，他疲倦得直打瞌睡，于是想了很多办法来刺激自己，但是到后来都失去了效用。

他怕影响自己读书，就想出了一个特别的办法。他找来一根绳子，一头牢牢地绑在房梁上，一头则绑住自己的头发。当他读书疲劳打盹时，头一低，绳子就会牵住头发，这样就会把头皮扯痛，他于是马上清醒，便可以继续读书学习。功夫不负有心人，孙敬后来成为一个大学问家。

先生点评

"世上无难事，只怕有心人。"只要你有足够的毅力，肯付出辛勤的汗水，那么你就能够克服重重困难，顽强地坚持下去，你就能把所有的"不可能"踩在脚下，最终获得成功。

编蒲抄书

西汉时期，有个叫路温舒的人，他年幼的时候热爱学习，但是家境贫寒，没钱让他读书，只好让他替别人放羊来填饱肚子。放羊得到的收入很少，仅能维持基本生活，非常艰苦。尽管这样，他还是没有放弃学习，买不起书就借书。他一有时间就借别人的书来读，但是这样很不方便。因为当时的书是写在竹简上的，携带起来非常不方便，而且借来的书，不能随随便便带到放羊的地方去，怕有损坏。他常常想：如果我能一边放羊，一边读书，那该多好啊！有什么办法让自己放羊的时候也能读书呢？

他苦思冥想多天，都没有办法。有一天，他赶着羊群来到一个池塘边，看见那里长着一丛丛又宽又长的蒲草，他灵机一动：这里的蒲草这么宽，不正像抄书用的竹简吗？这样的书，不仅不花钱，而且也比竹简做的书轻多了，放羊时还可以带着阅读。

说干就干，他割了一大捆蒲草背回家，把蒲草切成和竹简同样长短，编连起来。然后跟别人借来书，将书的内容抄写在加工后的蒲草上面，做成了一册册的书。有了蒲草书，路温舒就不愁没有书读了。他每次去放羊，身边都带着这种书，一边放羊一边看书，读完一本，就再抄一本。

他用这种办法读了不少书，从中获得了很多知识。靠着自学，路温舒成了一个有学问的人，在律法方面很有研究。

先生点评

成功的人，未必都很完美，但他们有项特质是常人所没有的，就是勤奋。路温舒的勤奋好学，不仅使他功成名就，而且也令无数后人为之动容。他那种好学、勤奋的精神是值得我们每一个人学习的。

凿壁偷光

西汉时期有个农民的孩子叫匡衡，他小时候很想读书，可是因为家里穷，没钱上学。后来，他跟一个亲戚学认字，才有了看书的能力。

匡衡买不起书，只好借书来读。那个时候，书是非常贵重的，有书的人不肯轻易借给别人。匡衡家附近有个大户人家，藏书颇丰。一天，匡衡拿着铺盖出现在大户人家门前，他对主人说："请您收留我，我给您家里白干活，不要报酬。只是让我阅读您家的全部书籍就可以了。"主人被他的精神感动，答应了他借书的要求。

过了几年，匡衡长大了，成了家里的主要劳动力。他一天到晚在地里干活，只有中午歇晌的时候，才有工夫看一点书，所以一卷书常常要十天半月才能够读完。匡衡很着急，心里想：白天种庄稼，没有时间看书，我可以多利用晚上的时间来看书。可是匡衡家里很穷，买不起点灯的油，怎么办呢？

有一天晚上，匡衡躺在床上背白天读过的书。背着背着，他突然看到东边的墙壁上透过来一丝亮光。他站起来，走到墙壁边一看，原来从壁缝里透过来的是邻居家的灯光。于是，匡衡想了一个办法：他拿了一把小刀，把墙缝挖大了一些，于是透过来的光亮也大了，他就借着这灯光读起书来。

匡衡就是这样勤奋学习，后来做了汉元帝的丞相，成为西汉时期有名的学者。

先生点评

任何外在条件都无法阻挡我们追求知识的脚步，匡衡便是最好的例证。当然不只是匡衡，历史上有成就、有作为的人，无不具有刻苦的精神，而一个人只要下定决心，不言放弃，总会获得成功。

第十五章

三人行，必有我师

不耻下问是中华民族的传统美德，从古至今都受到人们的赞颂。学问是无边的，人的精力是有限的。任何领域都有许多你尚未了解的事情，任何人身上都有可学之处。因而，只有不耻下问，虚心向别人学习，才能不断地充实、提高自己。

孔子拜师

孔子是我国古代著名的大思想家、教育家，学识渊博，但从不自满。他教育弟子说："要不知厌倦地学习，还要敢于向不如自己的人请教。"

有一次，在去晋国的路上，孔子和弟子们遇见一个7岁的孩子，站在路中间，拦住了他们，要他们回答两个问题才能通过。第一个问题是：鹅的叫声为什么大？孔子答道："鹅的脖子长，所以叫声大。"孩子又说："青蛙的脖子很短，为什么叫声也很大呢？"孔子思考了一会儿，不知道该如何回答孩子的问题。后来，他惭愧地对学生说："别看他年纪小，提的问题很多知识渊博的人都不一定能回答。我不如他，他可以做我的老师啊！"后来，他们遇到了一位"小老师"。

他们周游列国的时候，一个孩子在路当中玩，挡住了他们的去路。孔子说："你不该在路当中玩，挡住我们的车。"孩子指着地上说："老人家，您看这是什么？"孔子一看，是用碎石瓦片摆的一座城。孩子又说："您说，应该是城给车让路还是车给城让路呢？"孔子觉得这孩子很懂得礼貌，便问他叫什么名字，孩子说："我叫项橐（tuó）！"孔子对学生们说："项橐7岁懂礼，他也可以做我的老师啊！"后来孔子绕道而行。

先生点评

"三人行，必有我师焉。择其善者而从之，其不善者而改之。"任何人身上只要有值得我们学习的地方，都应该用虚心的精神对待、用诚恳的态度请教。

程门立雪，尊师求学

程颢，北宋，字伯淳，人称明道先生，原籍河南府，生于湖北黄陂县。程颢为宋代大儒，理学家、教育家，封"先贤"，奉祀孔庙东庑第三十八位，与程颐为同胞兄弟，世称"二程"。

"二程"早年受学于理学创始人周敦颐，宋神宗赵顼时，建立起自己的理学体系。他们为人正直做事严谨，到他们门下求学的人特别多，杨时和游酢便是其中的两位。

杨时，字中立，官至龙图阁直学士致仕，优游林泉，以读书讲学为事。东南学者，推为"程学正宗"。朱熹、张式的学部，皆出于时。

游酢，字定夫，建州建阳人。初与兄醇俱以文行知名，所交皆天下士。

杨时自幼聪明好学，反应灵敏，口齿伶俐。成年后，他虽然考取了进士，却淡泊名利，为了丰富自己的学问，毅然放弃了高官厚禄，跑到河南颍昌拜程颢为师，虚心求教。程颢死后，他仍然立志求学，刻苦钻研，又跑到洛阳去拜程颢的弟弟程颐为师。

游酢是杨时的好朋友，他们二人志同道合，经常就一些问题秉烛夜谈。他听说杨时要去拜程颐为师，便也不辞辛苦，与杨时结伴而行。

他们到了程家，正遇上程老先生闭目养神，坐着假睡。这时候，外面开始下雪。两人求师心切，便恭恭敬敬侍立一旁，不言不动，如此等了大半天，程颐才慢慢睁开眼睛，见杨时、游酢站在面前，吃了一惊。

这时候，门外的雪已经积了一尺多厚了，而杨时和游酢并没有一丝疲倦和不耐烦的神情。程颐见了感动不已，于是将自己的学问倾囊相授。杨时和游酢也不负众望，都成了饱学之士，杨时更独创学派，世称"龟山先生"。

先生点评

俗话说：一日为师，终身为父。中国自古以来就有"尊师重教"的观念，提倡将那些授予自己知识的人当做自己的长辈来看待，这不仅仅是对为师者的尊敬，更是对知识的尊敬。杨时恰恰是尊师重道、求学若渴的榜样。

学习既需要有虚心和诚恳的态度，也需要有尊师重道的精神。人们如果失去了尊师的精神，必然也就失去了求学的恳切，这样的人根本无法得到任何有用的学识。

不忘师恩

张乐平，浙江海盐人，毕生从事漫画创作，画笔生涯达 60 个春秋。他所创作的三毛形象，妇孺皆知，名播海外，被誉为"三毛之父"。三毛之父张乐平（陈懋平的干爹），是中国当代最杰出的漫画家之一。

张乐平读高小时，很得美术老师陆寅生喜欢。有一年，北洋军阀曹锟以五千银洋一张的代价向议员们收买选票，当上总统，受到全国人民的痛骂。陆老师就给张乐平出了个题目：《一豕负五千元》，指导他画政治讽刺画。这便是张乐平初学漫画的开始。

后来，由于种种原因他们师生之间断了联系，虽然两人都住在上海，却因张乐平读书时名叫张升，所以陆寅生一直不知道大名鼎鼎的张乐平就是他的学生。50 多年来，张乐平对教他画第一幅漫画的启蒙老师念念不忘，四处打听老师的下落。

1983 年 3 月，张乐平终于打听到了陆老师的下落，于是便拎着蛋糕，上门看望 54 年没有见面的小学教师。这使已 80 多岁的陆寅生老师非常感动，他把 72 岁的张乐平仔仔细细地打量了一番，连说："原来张乐平就是张升呀！我是《三毛流浪记》的忠实读者，但几十年来一直不知道张乐平就是你。'师道之不传久矣'，你能想着我，不容易啊！"张乐平诚恳地说："我的第一幅漫画是您教我画的，我一直没有忘记您。"张乐平的尊师之情使陆寅生老师激动得热泪盈眶。

先生点评

　　尊师可以让我们学到更多的知识。如果你尊师，老师就会喜欢你，就会把更多的时间给你，甚至把他所有的知识倾囊传授给你。有很多名人都是由于尊师，所以得到了许多知识，终而成为名人。

柳公权练字

　　唐代著名的书法家柳公权自幼聪明好学，到了十四五岁便能写出一手好字，经常受到老师的表扬。日子久了，他不知不觉就骄傲了起来。

　　有一天，他和几个伙伴们比试谁的字写得好。柳公权很快写了一篇，自以为肯定是第一。这时，一个老汉从旁路过，他们便请他评价所写的字。

　　老汉对柳公权说："你的字就像我担子里的豆腐，没筋没骨，不好。"

　　柳公权一听老汉的评价，马上不服气地说："我的字不好，那你写几个让我瞧瞧？"

　　老汉笑道："你和一个卖豆腐的比有什么出息？城里有个用脚写字的人，比你用手写的强几倍呢，不信你去瞧瞧。"

　　第二天，柳公权带着满肚委屈进城了。打听到那人的下落，柳公权急忙跑过去一看：只见一位已失去双臂的老人，正坐在地上用脚写字呢。地上铺着纸，他用左脚压着一边，用右脚夹住毛笔，运转脚腕，一排遒劲的大字便出现在人们的眼前。柳公权看呆了，真是山外有山，天外有天啊！自己有完整的手臂，不但赶不上人家用脚写的，还骄傲自满，惭愧！想到这里，柳公权跪在老人面前，说道："先生，请您教我写字吧。"

无臂老人推辞道："我一个残废人，能教你什么？"柳公权说："请您不要推辞了，您不收下我，我就不起来。"老者见他诚恳，说道："你要实在想学，就照着这首诗练下去吧。"

说罢，老人用脚挥毫写下一首诗：

写尽八缸水，

墨染涝池黑。

博取众家长，

始得龙凤飞。

这首诗的意思是说用尽了八缸水，染黑了涝池水，博取众家之长，虚心学习，才有今天这苍劲有力、龙飞凤舞的字。

柳公权是个聪明人，很快便领略了这诗中的寓意。从那以后，他从不在人前炫耀自己，每日里挥毫泼墨、练笔不止，悉心研究揣摩名人字帖，终于练成流传千古的"柳体"。

先生点评

不耻下问是中华民族的传统美德，从古至今都受到人们的赞颂。学问是无边的，人的精力是有限的。任何领域都有许多你尚未了解的事情，任何人身上都有可学之处。因而，只有不耻下问，虚心向别人学习，才能不断地充实、提高自己。

钟隐学画

五代南唐有位画家叫钟隐，他从小喜欢画画，经名师指点，自己又刻苦练习，年纪不大就已非常有名。

　　钟隐深知自己山水画已经很有功力，但画花鸟的功夫还很欠缺。于是他四处打听哪儿有擅画花鸟的名师高手，自己好前去拜师学艺。可是打听了很久，也一无所获，钟隐心中十分烦恼。这一天，他与故人侯良一起喝酒，酒到酣处，二人的话也就多了。钟隐诉说了自己的苦恼，侯良说："这次你可找对人了。我的内兄郭乾晖就很擅长画花鸟画。我妻子说，有一次他画的牡丹，竟把蜜蜂给招来了。不过这个人性格古怪孤僻，别说收学生，就连自己画的画也不轻易给人看。更怪的是，他画画时还总躲着人，恐怕人家把他的技法偷学去。"

　　钟隐倒觉得郭乾晖这个人很有意思。可是他如此保守，怎么才能接近他呢？钟隐是个倔脾气，只要他想做的事情就一定要做成。他四下打听，后来听说郭乾晖要买个家奴。他想，这倒是个好机会。于是，钟隐打扮成仆人的样子，到郭府应聘去了。郭乾晖见钟隐长得非常机灵，就留下了他。

　　在郭府，钟隐每天端茶递水，打扇侍候，什么杂活儿都干。一天下来，累得腰酸腿疼。唯一令他欣慰的是他看到了郭乾晖画的一些画儿，那可真是名副其实的上乘之作。钟隐想尽办法，坚持不离郭乾晖左右，希望能亲眼看见他作画。但是郭乾晖每次作画，就会把他支使开。因此，尽管在郭府待了两个月，钟隐还是一无所获。几次他都产生了放弃的念头，但心中又总是还有一线希望使他留下来。

　　由于钟隐卖身为奴学画的事情没有告诉家人，两个多月不见人，家人着急了，派人四处打听他的下落。一天，郭乾晖外出游逛，听人们议论说名画家钟隐失踪了两个月，再听别人描述钟隐的年纪和样貌，觉得跟自家新来的那个仆人很像，而且他也在自己家里待了两月。"怪不得他总想看我作画呢，"郭乾晖恍然大悟。

　　郭乾晖回家后，把钟隐叫到书房里，说道："你的事情我全知道了。为了学画，你不惜屈身为奴，实在令老夫惭愧。我多年来不教学生，自有我的道理，今天遇到你这样虚心好学的青年，我也不能不破例，将来你会前途无量的。"

　　钟隐终于以执着的求学精神感动了郭乾晖，名正言顺地成了他的学生，郭乾晖则把自己多年的体会和技艺毫无保留地传授给了钟隐。

先生点评

达·芬奇说："微少的知识使人骄傲，丰富的知识则使人谦逊，所以空心的禾穗高傲地举头向天，而充实的禾穗则低头向着大地，向着它们的母亲。"谦逊不仅是一种美德，还是你无往不胜的要诀，因为谦和、温恭的态度常常会使别人难以拒绝你的要求，这也是巨大收获的开始。

纪昌学射

甘蝇是古代的一名神射手，射箭的技术非常高超。只要他张弓射箭，飞鸟就会应声落下，走兽也会翻倒在地。一位名叫飞卫的人非常仰慕甘蝇，就拜他为师，跟着甘蝇学习射箭。经过刻苦的练习，飞卫射箭的技术进步很大，甚至超过了老师。

有个叫纪昌的年轻人也想学习射箭，于是拜飞卫为师。飞卫对纪昌说："要跟我学习射箭，你必须练会一种本领，就是不管在什么情况下都不眨眼睛。首先具备了这种本领，然后才谈得上学习射箭。"纪昌听从老师的话，回到家里，仰面躺在他妻子的织布机下，两眼死死地盯着穿来穿去的梭子。这样坚持不懈地练习了两年以后，就算有锥子快刺到纪昌的眼睛，纪昌的眼睛也不会眨一下。

纪昌非常高兴，把自己的成绩告诉老师。老师听后很满意，说："做得很好，接下来要练习的就是眼力。当你能够把极小的物体看得很大，把模糊不清的目标看得清清楚楚，到那时候，你再来跟我学习射箭。"

纪昌回到家，捉了一个虱子，用牛尾长毛拴着，吊在窗口上。他每天面朝南窗，目不转睛地盯着那只虱子。10多天后，虱子在纪昌眼中渐渐变得大了起来；3年以后，这只虱子在纪昌看来，就像车轮一般大，再看其他的东西，都跟山丘一样巨大。此时，纪昌便用燕国牛角做成的弓，搭上朔冬篷杆制成的箭，对准虱子射去。箭头贯穿虱子，而牛尾长毛还好端端地悬在空中。

纪昌把学习成果告诉飞卫，飞卫高兴地说："你已经学成了！"

先生点评

学习一定要下苦功，扎扎实实地打好基础。在学习的过程中要不怕苦、不怕累、不怕枯燥无味。在向既定目标奋进的过程中，始终都要用心专一，排除杂念，贯通要领，技艺娴熟，才能快速实现理想中的目标。

二徒学棋

从前，有个名叫弈秋的人，他的棋艺闻名全国。每隔两年，弈秋大师都会招收两名徒弟，这一次，他的徒弟是两个年轻小伙子，一个叫东木，一个叫西木。

弈秋讲棋有个习惯，总是闭着眼睛讲解，用手摸着棋子出招，并不监督徒弟们学习的态度，全凭他们的自觉来掌握棋艺。

开始时，东木和西木都能够全神贯注地听老师讲课，有时，两个人还时不时打断弈秋的讲解，提出各种疑问。晚上回到住宿的地方，两人往往兴致未尽，在院子中互相切磋棋艺，两人的水平不相上下，进步都很快。

一年后，东木和西木回家探亲。经过一片林子时，他们恰好看到一个英俊的猎人，拉弓搭箭，一下子射落一只正在高飞的鹰。这情景深深地吸引了西木，给他留下难忘的印象。回到老师身边后，东木和西木学棋的态度便有所不同了。东木学棋的兴致越来越浓，西木却感到十分枯燥。东木听老师讲解棋谱时，专心致志，用心领会老师说的

每一句话；西木呢，他对猎鸟更感兴趣，总惦记着鹰是不是正在天上飞，有时，他还隐约能听到鹰的叫声，眼前不时浮现猎人射鹰的英姿。

又一年过去了，东木和西木学艺期满。弈秋让二位徒弟对弈，检验他们的棋艺。结果，当然是东木棋高一筹，把西木"杀"得落花流水。

弈秋大师看完两位徒弟的棋局，感慨地说："初学时，我闭目教棋时听你们两人的回答，认为你们同样聪明；后来，我闭目教棋时只听到东木一个人的回答，西木的心已经飞走了，所以我明白东木才是我真正的徒弟。"

先生点评

"蚓无爪牙之利，筋骨之强，上食埃土，下饮黄泉，用心一也。"专注是一种不可小视的力量，它会在你实现成功的过程中，起到不可估量的作用。